人生文丛　林贤治 主编

淡泊人生

俞平伯 著

花城出版社
南方传媒
中国·广州

图书在版编目（CIP）数据

淡泊人生 / 俞平伯著. -- 广州：花城出版社，2024.1
（人生文丛 / 林贤治主编）
ISBN 978-7-5360-9499-4

Ⅰ.①淡… Ⅱ.①俞… Ⅲ.①散文集－中国－现代 Ⅳ.①I266

中国版本图书馆CIP数据核字(2022)第027533号

出 版 人：	张 懿
特邀编辑：	余红梅
项目统筹：	揭莉琳　邹蔚昀
责任编辑：	梁秋华　梁宝星
责任校对：	李道学
技术编辑：	凌春梅
封面绘图：	老 树
装帧设计：	姚 敏

书　　名	淡泊人生 DANBO RENSHENG
出版发行	花城出版社 （广州市环市东路水荫路11号）
经　　销	全国新华书店
印　　刷	佛山市迎高彩印有限公司 （佛山市顺德区陈村镇广隆工业区兴业七路9号）
开　　本	880毫米×1230毫米　32开
印　　张	7.625　2插页
字　　数	145,000字
版　　次	2024年1月第1版　2024年1月第1次印刷
定　　价	46.00元

如发现印装质量问题，请直接与印刷厂联系调换。
购书热线：020-37604658　37602954
花城出版社网站：http://www.fcph.com.cn

人生文丛 | 看纷纭世态
读各色人生

写在"人生文丛"新版之前

20世纪90年代初,受出版社之邀,编选了"人生文丛",计二十种。恰逢第四届全国书市在广州举办,这套丛书成了场上的"骄子",被评为"十大畅销书"之一。此后一段时间,一版再版,受欢迎的程度超乎出版人的预想。其时,坊间腾起一股"散文热"。若果"人生文丛"算不上引燃物的话,至少,它提供的柴薪是增添了不少热量的。

五四开启了一个时代,星汉灿烂,人才辈出。新文学第一代作家的坚实的创作实践,奠定了"艺术为人生"的原则,影响至为深远。"人生文丛"乃从五四后三十年间,遴选有代表性的二十位作家的非虚构作品,也即我们惯称的散文,自然是广义的散文,除了一般的叙事之作,还包括演讲稿,以及带有隐私性质的日记、书信等。这些文字,烙上作者各自的人生印记,不同的思想和艺术个性,真诚、真实、真切,俾普通读者——英国作家伍尔夫郑重地使用了这个词,以它为一本文学评论集命名——借由文学更好地体察社会,思考人生,并从中获得美学的熏陶。

文丛初版时，编者分别使用了一个虚拟的"何氏家族"成员的代名。此次重版，恢复了编者的本名。

由于版权变易，初版时的林语堂、巴金已为丁玲、萧红所代替。单从人生富含的文化价值看，后者的意蕴恐怕更深。同样出于版权关系，未予收入张爱玲，这是可遗憾的。无论读文学，读人生，张爱玲都是不容忽略的。

新版"人生文丛"，对胡适、郭沫若、冰心、丰子恺等作家，各有篇幅不等的增订。私心里，总是期望选本能够尽善尽美，以贡献于广大读者之前，虽然自知这是很艰难的事。

编者

2023年6月

编辑者说

传统的力量是强大的。就文学来说，虽然在大半个世纪以前已经实行了"白话革命"，而一些新诗人，到了后来竟"勒马回缰作旧诗"去了。这中间有旧瓶装新酒的，但更多的是旧瓶装旧酒，自然新瓶装旧酒也大不乏其例。主题、材料都可以袭用旧的，而且还有"趣味"。趣味基于某种审美心理，是特别难以改变的。中国文人喜欢镜花水月，喜欢幽兰杳鹤，喜欢采菊东篱或独钓寒江，是颇异于常人的。外国文人就不大讲趣味，较显著的有英国，然而情形也很不一样，正如鲁迅在《青年必读书》里比较中国书和外国书说的，一是"与实人生离开"，一是"与人生接触"。此中关键，是如何看待人生。

在现代作家中，俞平伯的散文明显属于中国名士风。

俞平伯，原籍浙江德清，1900年出生于苏州。原名铭衡，号屈斋、白萍、长环、茞芷、缭衡宝等。1919年毕业于北京大学文科，与朱自清回到杭州浙江省立第一师范学校任教，此后在上海大学、燕京大学、清华大学、北京大学执教多年。在五四新文学运动中，俞平伯是一位年轻而勇猛的战将。先后加入新潮社、文学研究会、语丝社等文学团体，曾与朱自清、郑振铎、叶圣陶等人创办第一个新诗刊《诗》月刊；继胡适的《尝试集》和郭沫若的《女神》之后，出版第一个诗集《冬夜》，以后又陆续出版《西还》《忆》《雪朝》（与人合著）等集子。除了新诗，还写小说及评论。此外，在古典诗词和《红楼梦》研究方面也颇有成就，1923年出版专著《红楼梦辨》。1925年"五卅"前后，创作开始进入一种被称为有"独特的风致"的散文小品的营造之中。1930年5月，与周作人、废名等创办《骆驼草》周刊，在《发刊词》里宣称"不谈国事""立志做秀才""笑骂由你笑骂，好文章我自为之"。中华人民共和国成立后，仍在北大任教。1952年，任北京大学文学研究所（后为中国社会科学院文学研究所）研究员。1953年，文艺界发起对他在《红楼梦》研究中所持的观点方法的广泛讨论与批评。1954年后，先后被选为第一、二、三届全国人大代表，第五届全国政协委员。1990年10月，病逝于北京。

俞平伯出版的散文集，计有：《杂拌儿》《燕知草》《杂拌儿之二》《古槐梦遇》《燕郊集》《俞平伯散文选集》《剑鞘》（与人合著）等。

他最早的散文写于1923年，最迟的写于1933年，历时达十年之久。这中间，作风是很两样的。在收入《杂拌儿》

《燕知草》的前期作品里，多写个人生活经历和内心感受；1928年以后，则刻意追随明人小品，远离现实而抽写所谓"主心主物的哲思"，由温婉绵密一变而为冲淡朴拙。对此，朱自清有一段话说得十分形象，说："用杭州的事打个比方罢：书中前一类文字，好像昭贤寺的玉佛，雕琢工细，光润洁白；后一类呢，恕我拟于不伦，像吴山四景园驰名的油酥饼——那饼是入口即化，不留渣滓的，而那茶店，据说是'明朝'就有的。"

俞平伯为人传诵的名篇，如《桨声灯影里的秦淮河》《陶然亭的雪》《西湖的六月十八夜》《眠月》《雪晚归船》等，全都是20世纪20年代的作品。这些美文，细腻委婉，风华典雅；虽然有些篇什不无繁缛之嫌，然而情意的温馨，竟也能使人感觉到雕琢的完美。这种丰韵，致使论客常常将他与朱自清并提。的确，两人的文字都一样流漾着诗意，实际上彼此的抒情个性还是分明的。李素伯在《小品文研究》一文中说："我们觉得同是细腻的描写，俞先生的是细腻而委婉，朱先生是细腻而深秀；同是缠绵的情致，俞先生的是缠绵里满蕴着温煦浓郁的氛围，朱先生的是缠绵里多含有眷恋悱恻的气息。如用作者自己的话来形容，则俞先生的是'朦胧之中似乎胎孕着一个如花的笑'，而朱先生的是'仿佛远处高楼上渺茫的歌声似的'。"这个分析是精当的。

20世纪20年代末，大时代退潮了，俞平伯也就从月色朦胧的梦一般的湖岸遁入到秋意萧索的空山里去。试比较这样两段描述"归来"的文字，是极有意思的：

> 正在春阴里的，正在桃花下的孩子们，你们自珍重，你们自爱惜！否则春阴中恐不免要夹着飘洒萧疏的泪雨，而桃树下将有成阵的残红了。你们如真不信，你们且觑着罢。春归一度，已少了一度。明年春阴挽着桃花姊妹的赪红的手重来湖上，你们可不是今年的你们了，它们自然也不是今年的它们了。一切全都是新的。惟我的心一味的怯怯无归，垂垂的待老了。（《湖楼小撷》）

> 凡伴着我的都是熟人哩。非但不用我张罗，并且不用我说话，甚而至于不用我去想。其滋味有如开笼的飞鸟，脱网的游鱼，仰知天地的广大，俯觉吾身之自在。月余凝想中的好梦，果真捏在手心里，反空空的不自信起来，我惟有惘惘然，"我回来了"。（《月下老人祠下》）

无论情调或语言，两者都很不相同。人们将后者归入周作人一派，这派的特点便是：冲淡和平。他们"老老实实地说自己的话"，追求一种"素朴的趣味"，也即"涩味与简单味"。但是，周作人毕竟还有"流氓气"的一面，在俞平伯则是没有的。阿英说，同为逃避，周作人有不得已的地方，而俞平伯除去较早表现的些微的反抗以外，是无往而不表现着一味的谈谈书报，说说往事，考考故实的精神；又同学明，周作人是有限止的，可以看到"现代性的痕迹"，而俞平伯则完全和竟陵一派相仿佛。这里对周作人作为"绅士鬼"的一面估计不足，但于俞平伯，说的倒是恰当的。因为一贯主张文学的"游离"与"独在"，及至后来，他的文字也就由涩滞而枯竭，只好陷于沉默了。

不过，平心而论，俞平伯也不是没有一点不平之气的。像选入的《〈近代散文钞〉跋》《救国及其成为问题的条件》《广亡征》等篇，其中就不乏激越与沉痛。但无论怎样逃避，在当时那般险恶的历史条件下，能够保持一点传统士大夫的孤傲之气，不肯依附权贵，做那类歌功颂德的肉麻文章，也应算是难能可贵的了。

目 录

第一辑
诗与自然

桨声灯影里的秦淮河 / 3

陶然亭的雪 / 11

湖楼小撷 / 18

风化的伤痕等于零 / 31

芝田留梦记 / 38

西湖的六月十八夜 / 44

城站 / 51

清河坊 / 55

春来 / 61

眠月

——呈未曾一面的亡友白采君 / 62

雪晚归船 / 68

月下老人祠下 / 70

坚匏别墅的碧桃与枫叶

——呈佩弦兄 / 74

冬晚的别 / 76

打橘子 / 81

第二辑

思与社会

古槐梦遇 / 89

打破中国神怪思想的一种主张——严禁阴历 / 133

身后名 / 136

中年 / 141

救国及其成为问题的条件 / 145

代拟吾庐约言草稿 / 148

广亡征 / 149

闲言 / 157

赋得早春
　　——为清华年刊作 / 160

国难与娱乐 / 164

元旦试笔 / 168

人力车 / 170

随笔两则 / 173

第三辑
史与文明

教育论 / 181

析"爱" / 190

读《妇女解放新论》书后（英国蒲士著 刘英士译本 新月书店出版） / 201

文学的游离与其独在 / 206

《近代散文钞》跋 / 214

《西还》书后 / 218

为《中外文丛》拟创刊词 / 220

五四忆往
——谈《诗》杂志 / 223

第一辑
诗与自然

近来时序的迁流，无非逼我换了几回衣裳；……至于秋之为秋，冬之为冬，我之为我，一切之为一切，固依然自若，并非可叹可悲可怜可喜的意味，而且连那些意味的残痕也觉无从觅哩。

桨声灯影里的秦淮河

我们消受得秦淮河上的灯影,当圆月犹皎的仲夏之夜。

在茶店里吃了一盘豆腐干丝,两个烧饼之后,以歪歪的脚步踅上夫子庙前停泊着的画舫,就懒洋洋躺到藤椅上去了。好郁蒸的江南,傍晚也还是热的。"快开船罢!"桨声响了。

小的灯舫初次在河中荡漾;于我,情景是颇朦胧,滋味是怪羞涩的。我要错认它作七里的山塘;可是,河房里明窗洞启,映着玲珑入画的曲栏杆,顿然省得身在何处了。佩弦呢,他已是重来,很应当消释一些迷惘的。但看他太频繁地摇着我的黑纸扇。胖子是这个样怯热的吗?

又早是夕阳西下,河上妆成一抹胭脂的薄媚。是被青溪的姊妹们所熏染的吗?还是匀得她们脸上的残脂呢?寂寂的河水,随双桨打它,终是没言语。密匝匝的绮恨逐老去的年华,已都如蜜饧似的融在流波的心窝里,连呜咽也将嫌它多事,更哪里论到哀嘶。心头,宛转的凄怀;口内,徘徊的低唱;留在夜夜的秦淮河上。

在利涉桥边买了一匣烟,荡过东关头,渐荡出大中桥了。船儿悄悄地穿出连环着的三个壮阔的涵洞,青溪夏夜的韶华已如巨幅的画豁然而抖落。哦！凄厉而繁的弦索，颤岔而涩的歌喉，杂着吓哈的笑语声，劈拍的竹牌响，更能把诸楼船上的华灯彩绘，显出火样的鲜明，火样的温煦了。小船儿载着我们，在大船缝里挤着，挨着，抹着走。它忘了自己也是今宵河上的一星灯火。

既踏进所谓"六朝金粉气"的销金锅，谁不笑笑呢！今天的一晚，且默了滔滔的言说，且舒了恻恻的情怀，暂且学着，姑且学着我们平时认为在醉里梦里的他们的憨痴笑语。看！初上的灯儿们一点点掠剪柔腻的波心，梭织地往来，把河水都皱得微明了。纸薄的心旌，我的，尽无休息地跟着它们飘荡，以至于怦怦而内热。这还好说什么的！如此说，诱惑是诚然有的，且于我已留下不易磨灭的印记。至于对榻的那一位先生，自认曾经一度摆脱了纠缠的他，其辨解又在何处？这实在非我所知。

我们，醉不以涩味的酒，以微漾着，轻晕着的夜的风华。不是什么欣悦，不是什么慰藉，只感到一种怪陌生，怪异样的朦胧。朦胧之中似乎胎孕着一个如花的笑——这么淡，那么淡的倩笑。淡到已不可说，已不可拟，且已不可想；但我们终久是眩晕在它离合的神光之下的。我们没法使人信它是有，我们不信它是没有。勉强哲学地说，这或近于佛家的所谓"空"；既不当鲁莽说它是"无"，也不能径直说它是"有"。或者说"有"是有的，只因无可比拟形容那"有"的光景；故从表面看，与"没有"似不生分别。若定要我再说得具体些：譬如东风初劲时，直上高翔的纸鸢，牵线的那人儿自然远得很了，知她是哪一家呢？但凭那鸢尾一缕飘绵的彩线，便容易揣知下面的人寰中，必有微红的一双素手，卷起轻绡的广袖，牢担荷小纸鸢儿的命根的。飘翔岂不是东风的力，又岂不是纸鸢的含德；但其根株却将另有所寄。请问，这和纸鸢的省悟与否有何关系？故我们不能认笑是非有，也不能认朦胧即是笑。我们定应当如此说，朦胧里胎孕着一个如花的幻笑，和朦胧又互相混融着的；因它本来是淡极了，淡极了这么一个。

漫题那些纷烦的话，船儿已将泊在灯火的丛中去了。对岸有盏跳动的汽油灯，佩弦便硬说它远不如微黄的灯火。我简直没法和他分证那是非。

时有小小的艇子急忙忙打桨，向灯影的密流里横冲直撞。冷静孤独的油灯映见黯淡久的画船（？）头上，秦淮河姑娘们的靓妆。茉莉的香，白兰花的香，脂粉的香，纱衣裳的香……微波泛滥出甜的暗香，随着她们那些船儿荡，随着我们这船儿荡，随着大大小小一切的船儿荡。有的互相笑语，有的默然不响，有的衬着胡琴亮着嗓子唱。一个，三两个，五六七个，比肩坐在船头的两旁，也无非多添些淡薄的影儿葬在我们的心上——太过火了，不至于罢，早消失在我们的眼皮上。谁都是这样急忙忙的打着桨，谁都是这样向灯影的密流里冲着撞；又何况久沉沦的她们，又何况漂泊惯的我们俩。当时浅浅的醉，今朝空空的惆怅；老实说，咱们萍泛的绮思不过如此而已，至多也不过如此而已。你且别讲，你且别想！这无非是梦中的电光，这无非是无明的幻想，这无非是以零星的火种微炎在大欲的根苗上。扮戏的咱们，散了场一个样，然而，上场锣，下场锣，天天忙，人人忙。看！吓！载送女郎的艇子才过去，货郎旦的小船不是又来了？一盏小煤油灯，一舱的什物，他也忙得来像手里的摇铃，这样丁冬而郎当。

  杨枝绿影下有条华灯璀璨的彩舫在那边停泊。我们那船不禁也依傍短柳的腰肢，欹侧地歇了。游客们的大船，歌女们的艇子，靠着。唱的拉着嗓子；听的歪着头，斜着眼，有的甚至于跳过她们的船头。如那时有严重些的声音，必然说："这哪里是什么旖旎风光！"咱们真是不知道，只模糊地觉着在秦淮河船上板起方正的脸是怪不好意思的。咱们本是在旅馆里，为什么不早早入睡，掂着牙儿，领略那"卧后清宵细细长"；而偏这样急急忙忙跑到河上来无聊浪荡？

  还说那时的话，从杨柳枝的乱鬓里所得的境界，照规矩，外带三分风华的。况且今宵此地，动荡着有灯火的明姿。况且今宵此地，又是圆月欲缺未缺，欲上未上的黄昏时候。叮当的小锣，伊轧的胡琴，沉填的大鼓……弦吹声腾沸遍了三里的秦淮河。喳喳嚷嚷的一片，分不出谁是谁，分不出哪儿是哪儿，只有整个的繁喧来把我们包填。仿佛都抢着说笑，这儿夜夜尽是如此的，不过初上城的乡下老是第一次呢。真是乡下人，真是第一次。

穿花蝴蝶样的小艇子多到不和我们相干。货郎旦式的船,曾以一瓶汽水之故而拢近来,这是真的。至于她们呢,即使偶然灯影相偎而切掠过去,也无非瞧见我们微红的脸罢了,不见得有什么别的。可是,夸口早哩!——来了,竟向我们来了!不但是近,且拢着了。船头傍着,船尾也傍着;这不但是拢着,且并着了。厮并着倒还不很要紧,且有人扑冬地跨上我们的船头了。这岂不大吃一惊!幸而来的不是姑娘们,还好。(她们正冷冰冰地在那船头上。)来人年纪并不大,神气倒怪狡猾,把一扣破烂的手折,摊在我们眼前,让细瞧那些戏目,好好儿点个唱。他说:"先生,这是小意思。"诸君,读者,怎么办?

好,自命为超然派的来看榜样!两船挨着,灯光愈皎,见佩弦的脸又红起来了。那时的我是否也这样?这当转问他。(我希望我的镜子不要过于给我下不去。)老是红着脸终久不能打发人家走路的,所以想个法子在当时是很必要。说来也好笑,我的老调是一味的默,或干脆说个"不",或者摇摇头,摆摆手表示"决不"。如今都已使尽了。佩弦便进了一步,他嫌我的方术太冷漠了,又未必中用,摆脱纠缠的正当道路惟有辩解。好吗!听他说:"你不知道?这事我们是不能做的。"这是诸辩解中最简洁,最漂亮的一个。可惜他所说的"不知道?",来人倒真有些"不知道!",辜负了这二十分聪明的反语。他想得有理由，你们为什么不能做这事呢？因这"为什么？"，佩弦又有进一层的曲解。那知道更坏事，竟只博得那些船上人的一哂而去。他们平常虽不以聪明名家，但今晚却又怪聪明，如洞彻我们的肺肝一样的。这故事即我情愿讲给诸君听，怕有人未必愿意哩。"算了罢，就是这样算了罢"；恕我不再写下了，以外的让他自己说。

叙述只是如此，其实那时连翩而来的，我记得至少也有三五次。我们把他们一个一个的打发走路。但走的是走了，来的还正来。我们可以使他们走，我们不能禁止他们来。我们虽不轻被摇撼，但已有一点杌陧了。况且小艇上总载去一半的失望和一半的轻蔑，在桨声里仿佛狠狠地说："都是呆子，都是吝啬鬼！"还有我们的船家（姑娘们卖个唱，他可以赚几个子的佣金）眼看她们一个一个的去远了，呆呆的蹲踞着，怪无聊赖似的。碰着了这种外缘，无怒亦无哀，惟有一种情意的紧张，使我们从颓弛中体会出挣扎来。这味道倒许很真切的，只恐怕不易为倦鸦似的人们所喜。

曾游过秦淮河的到底乖些。佩弦告船家："我们多给你酒钱，把船摇开，别让他们来啰嗦。"自此以后，桨声复响，还我以平静了，我们俩又渐渐无拘无束舒服起来，又滔滔不断地来谈谈方才的经过。今儿是算怎么一回事？我们齐声说，欲的胎动无可疑的。正如水见波痕轻婉已极，与未波时究不相类。微醉的我们，洪醉的他们，深浅虽不同，却同为一醉。接着来了第二问,既自认有欲的微炎,为什么艇子来时又羞涩地躲了呢?在这儿,答语参差着。佩弦说他的是一种暗昧的道德意味,我说是一种似较深沉的眷爱。我只背诵岂君的几句诗给佩弦听,望他曲喻我的心胸。可恨他今天似乎有些发钝,反而追着问我。

前面已是复成桥。青溪之东,暗碧的树梢上面微耀着一桁的清光。我们的船就缚在枯柳桩边待月。其时河心里晃荡着的,河岸头歇泊着的各式灯船,望去,少说点也有十廿来只。惟不觉繁喧,只添我们以幽甜。虽同是灯船,虽同是秦淮,虽同是我们;却是灯影淡了,河水静了,我们倦了,——况且月儿将上了。灯影里的昏黄,和月下灯影里的昏黄原是不相似的,又何况入倦的眼中所见的昏黄呢。灯光所以映她的秾姿,月华所以洗她的秀骨,以蓬腾的心焰跳舞她的盛年,以饧涩的眼波供养她的迟暮。必如此,才会有圆足的醉,圆足的恋,圆足的颓弛,成熟了我们的心田。

犹未下弦,一丸鹅蛋似的月,被纤柔的云丝们簇拥上了一碧的遥天。冉冉地行来,冷冷地照着秦淮。我们已打桨而徐归了。归途的感念,这一个黄昏里,心和境的交萦互染,其繁密殊超我们的言说。主心主物的哲思,依我外行人看,实在把事情说得太嫌简单,太嫌容易,太嫌分明了。实有的只是浑然之感。就论这一次秦淮夜泛罢,从来处来,从去处去,分析其间的成因自然亦是可能;不过求得圆满足尽的解析,使片段的因子们合拢来代替刹那间所体验的实有,这个我觉得有点不可能,至少于现在的我们是如此的。凡上所叙,请读者们只看作我归来后,回忆中所偶然留下的千百分之一二,微薄的残影。若所谓"当时之感",我决不敢望诸君能在此中窥得。即我自己虽正在这儿执笔构思,实在也无从重新体验出那时的情景。说老实话,我所有的只是忆。我告诸君的只是忆中的秦淮夜泛。至于说到那"当时之感",这应当去请教当时的我。而他久飞升了,无所存在。

……

凉月凉风之下,我们背着秦淮河走去,悄默是当然的事了。如回头,河中的繁灯想定是依然。我们却早已走得远,"灯火未阑人散";佩弦,诸君,我记得这就是在南京四日的酣嬉,将分手时的前夜。

1923年8月22日北京

陶然亭的雪

小 引

  悄然的北风,黯然的同云,炉火不温了,灯还没有上呢。这又是一年的冬天。在海滨草草营巢,暂止飘零的我,似乎不必再学黄叶们故意沙沙的作成那繁响了。老实说,近来时序的迁流,无非逼我换了几回衣裳;把夹衣叠起,把棉衣抖开,这就是秋尽冬来的惟一大事。至于秋之为秋,冬之为冬,我之为我,一切之为一切,固依然自若,并非可叹可悲可怜可喜的意味,而且连那些意味的残痕也觉无从觅哩。千条万派活跃的流泉似全然消释于无何有之乡土,剩下"漠然"这么一味来相伴了。看看窗外酿雪的同云,倒活画出我那潦倒的影儿一个。像这样暗哑无声的蠢然一物,除血脉呼吸的轻颤以外,安息在冬天的晚上,真真再好没有了。有人说,这不是静止——静止是没有的——是均衡的动,如两匹马以同速同向去跑着,即不异于比肩站着的石马。但这些问题虽另有人耐烦去想,而我则岂其人呢。所以于我顶顶合适,莫如学那冬晚的停云。(你听见它说过话吗?)无如编辑《星海》的朋友们逼我饶舌。我将怎样呢？——有了！在"悄然的北风，黯然的同云，炉火不温了，灯还没有上呢"这个光景下，令我追忆昔年北京陶然亭之雪。

我虽生长于江南，而自曾北去以后，对于第二故乡的北京也真不能无所恋恋了。尤其是在那样一个冬晚，有银花纸糊裱的顶棚和新衣裳一样绛缭的纸窗，一半已烬一半还红着，可以照人须眉的泥炉火，还有墙外边三两声的担子吆喝。因房这样矮而洁，窗这样低而明，越显出天上的彤云格外的沉凝欲堕，酿雪的意思格外浓鲜而成熟了。我房中照例上灯独迟些，对面或侧面的火光常浅浅耀在我的窗纸上，似比月色还多了些静穆，还多了些凄清。当我听见廊落的院子里有脚步声，一会儿必要跟着"砰"关风门了，或者"矻搭"下帘子了。我便料到必有寒紧的风在走道的人头傍拂着，所以他要那样匆匆的走。如此，类乎此的黯淡的寒姿，在我忆中至少可以匹敌江南春与秋的姝丽了，至少也可以使惯住江南的朋友们了解一点名说苦寒的北方，也有足以系人思念的冬之黄昏啊。有人说："这岂不将钩惹我们的迟暮之感？"真的！——可是，咱们谁又是专喝蜜水的人呢。

总是冬天罢，（谁要你说？）年月日是忘怀了。读者们想决不屑介意于此琐琐的，所以忘怀倒也没要紧。那天是雪后的下午。我其时住在东华门侧一条曲折的小胡同里，而G君所居更偏东些。我们雇了两辆"胶皮"，向着陶然亭去，但车只雇到前门外大外郎营。(从东城至陶然亭路很远,冒雪雇车很不便。)车轮咯咯吱吱的切碾着白雪,留下凹纹的平行线,我们遂由南池子而天安门东,渐逼近车马纷填,兀然在目的前门了。街衢上已是一半儿泥泞,一半儿雪了。幸而北风还时时吹下一阵雪珠,蒙络那一切,正如疏朗冥蒙的银雾。亦幸而雪在北京,似乎是白面捏的,又似乎是白泥塑的。(往往到初春时,人家庭院里还堆着与土同色的雪,结果是成筐的挑了出去完事。)若移在江南,檐漏的滴搭,不终朝而消尽了。

言归正传。我们下了车,踏着雪,穿粉房琉璃街而南,炫眼的雪光愈白,栉比的人家渐寥落了。不久就远远望见清旷莹明的原野,这正是在城圈里耽腻了的我们所期待的。累累的荒冢,白着头的,地名叫做窑台。我不禁连想那"会向瑶台月下逢"①的所谓瑶台。这本是比拟不伦,但我总不住的那么想。

那时江亭之北似尚未有通衢。我们踯躅于白氅衣广覆着的田野之间,望望这里,望望那里,都很像江亭似的。商量着,偏西南方较高大的屋,或者就是了。但为什么不见一个亭子呢?藏在里边罢?

到拾级而登时,已确信所测不误了。然踏穿了内外竟不见有什么亭子。幸而上面挂着的一方匾;否则那天到的是不是陶然亭,若至今还是疑问,岂非是个笑话。江亭无亭,这样的名

---

① 唐李白《清平词调》中语。

实乖违,总使我们怅然若失。我来时是这样预期的,一座四望极目的危亭,无碍无遮,在雪海中沐浴而嬉,宛如回旋的灯塔在银涛万沸之中,浅礁之上,亭亭矗立一般。而今竟只见拙钝的几间老屋,为城圈之中所习见而不一见的,则已往的名流觞咏,想起来真不免黯然寡色了。

然其时雪又纷纷扬扬而下来,跳舞在灰空里的雪羽,任意地飞集到我们的粗呢氅衣上。趁它们未及融为明珠的时候,我即用手那么一拍,大半掉在地上,小半已渗进衣襟去。"下马先寻题壁字"①,来来回回的循墙而走,咱们也大有古人之风呢。看看咱们能拾得什么?至少也当有如"白丁香折玉亭亭"②一样的句子被传诵着罢。然而竟终于不见!可证"一蟹不如一蟹"这句老话真是有一点意思的。后来幸而觅得略可解嘲的断句,所谓"卅年戎马尽秋尘"者,从此就在咱们嘴里咕噜着了。

在曲折廓落的游廊间,当北风卷雪渺无片响的时分,忽近处递来琅琅的书声。谛听,分明得很,是小孩子的。它对于我们十分亲密,因为和从前我们在书房里所唱出的正是一个样子的。这尽可以使我重温热久未曾尝的儿时的甜酒,使我俯拾眠歌声里的温馨梦痕;并可以减轻北风的尖冷,抚慰素雪的飘

---

① 宋周邦彦《清真集》中《浣溪沙》句。
② 我父亲从前在陶然亭见的雪珊女史的题壁诗:"柳色在山上鬓青,白丁香折玉亭亭。天涯写遍题墙字,只怕流莺不解听。"

零。换一句干脆点的话，就是在清冷双绝的况味中，它恰好给喝了一点热热酽酽的东西，使一切已凝的，一切凝着的，一切将凝的，都软洋洋舢着腰肢不自支持了。

书声还正琅琅然呢。我们寻诗的闲趣被窥人的热念给岔开了。从回廊下跫过去，两明一暗的三间屋，玻璃窗上帷子亦未下。天色其时尚未近黄昏；惟云天密吻，酿雪意的浓酣，阡陌明朐，积雪痕的寒皎，似乎全与迟暮合缘，催着黄昏快些来罢。至屋内的陈设，人物的须眉，已尽随年月日时的迁移，送进茫茫昧昧的乡土，在此也只好从缺。几个较鲜明的印象，尚可片片掇拾以告诸君的，是厚的棉门帘一个；肥短的旱烟袋一支；老黄色的《孟子》一册，上有银硃圈点，正翻到《离娄》篇首；照例还有白灰泥炉一个，高高的火苗蹿着；以外……

"算了罢，你不要在这儿写账哟！"

游览必终之以大嚼，是我们的惯例，这里边好像有鬼催着似的。我曾和我姊姊说过，"咱们以后不用说逛什么地方，老实说吃什么地方好了"。她虽付之一笑，却不斥我为胡闹，可见中非无故了。我且曾以之问过吾师。吾师说得尤妙，"好吃是文人的天性"，这更令我不便追问下去。因为既曰天性，已是第一因了。还要求它的因，似乎不很知趣。如理化学家说到电子，心理学家说到本能，生机哲学者说到什么"隐得而希"……

闲言少表。天性既不许有例外，谈到白雪，自然会归到一条条的白面上去。不过这种说法是很辱没胜地的,且有点文不对题。所以在江亭中吃的素面,只好割爱不谈。我只记得青汪汪的一炉火,温煦最先散在人的双颊上。那户外的尖风呜呜的独自去响。倚着北窗,恰好鸟瞰那南郊的旷莽积雪。玻璃上偶沾了几片鹅毛碎雪,更显得它的莹明不滓。雪固白得可爱,但它干净得尤好。酿雪的云、融雪的泥、各有各的意思;但总不如一半留着的雪痕,一半飘着的雪花,上上下下,迷眩难分的尤为美满。脚步声听不到,门帘也不动,屋里没有第三个人。我们手都插在衣袋里,悄对着那排向北的窗。窗外有几方妙绝的素雪装成的册页。累累的坟,弯弯的路,枝枝丫丫的树,高高低低的屋顶,都秃着白头,耸着白肩膀,危立在卷雪的北风之中。上边不见一只鸟儿展着翅,下边不见一条虫儿蠢然的动(或者要归功于我的近视眼),不用提路上的行人,更不用提马足车尘了。惟有背后已热的瓶笙吱吱的响,是为静之独一异品;然依昔人所谓"蝉噪林逾静"[①]的静这种诠释,它虽努力思与岑寂绝缘终久是失败的哟。死样的寂每每促生胎动的潜能,惟万寂之中留下一分两分的喧哗,使就炉的赤灰不致以内炎而重生烟焰;故未全枯寂的外缘正能孕育着止水一泓似的心境。这也无烦高谈妙谛,只当咱们清眠不熟的时光便可以稍稍

---

① 北齐《颜氏家训》引梁王籍《入若耶溪》诗:"蝉噪林逾静,鸟鸣山更幽。"又宋辛弃疾《稼轩词》中《祝英台近》序中也有这一段故事。

体验这番悬谈了。闲闲的意想，乍生乍灭，如行云流水一般的不关痛痒，比强制吾心，一念不着的滋味如何？这想必有人能辨别的。

炉火使我们的颊热，素面使我们的胃饱，飘零的暮雪使我们的心越过越黯淡。我们到底不得不出去一走，到底不得不面迎着雪，脚踹着雪，齐向北快快的走。离亭数十步外有一土坡，上开着一家油厂；厂右有小小的断坟并立。从坟头的小碣，知道一个葬的是鹦鹉；一个名为香冢，想又是美人黄土那类把戏了。只是一件，油厂有狗，喜拦门乱吠。G君是怕狗的；因怕它咬，并怕那未必就吠的狗。而我又是怯登土坡的，雪覆着的坡子滑滑的难走，更有点望之生畏。故我们商量商量，还是别去为妙。

我们绕坡北去时，G君抬头而望（我记得其时狗没有吠）对我说，来年春归时，种些红杜鹃花在上面。我点点头。路上还商量着买杜鹃花的价钱。……现在呢，然而现在呢？我惆怅着夙愿的虚设。区区的愿原不妨辜负，然区区的愿亦未免辜负，则以外的岂不又可知了。——北京冬间早又见了三两寸的雪，而上海至今只是黯然的同云，说是酿雪，说是酿雪，而终于不来。这令我由不得追忆那年江亭玩雪的故事。

1924年1月12日

湖楼小撷

一 春晨

这是我们初入居湖楼后的第一个春晨。昨儿乍来,便整整下了半宵潺湲的雨。今儿醒后,从疏疏朗朗的白罗帐里,窥见山上绛桃花的繁蕊,斗然的明艳欲流。因她尽迷离于醒睡之间,我只得独自的抽身而起。

今朝待醒的时光,耳际再不闻沉厉的厂笛和慌忙的校钟,惟有聒碎妙闲的鸟声一片,密接着恋枕依衾的甜梦。人说"鸟啼惊梦";其实这样说,梦未免太不坚牢,而鸟语也未免太响亮些了。我只以为梦的惺忪破后,始则耳有所闻,继则目有所见。这倒是较真确的呢。

记得我们来时,桃枝上犹满缀以绛紫色的小蕊,不料夜来过了一场雨,便有半株绯赤的繁英了。"小楼一夜听春雨,深巷明朝卖杏花。"可见自来春光虽半是冉冉而来,却也尽有翩翩而集的。来时且不免如此的匆匆;涉想它的去时,即使万幸不再添几分的局促,也总是一例的了。此何必待委地沾泥,方始怅惜绯红的妖冶尽成虚掷了呢。谁都得感怅惘与珍重之两无是处。只是山后桃花似乎没有觉得，冒着肥雨欣然半开了。我独瞅着这一树绯桃，在方椶内彷徨着。即如此，度过湖楼小住的第一个春晨。

1924年4月1日

二　绯桃花下的轻阴

轻阴和绯桃直是湖上春来时的双美。桃花仿佛茜红色的嫁衣裳，轻阴仿佛碾珠作尘的柔幂。它们固各有可独立之美，但是合拢来却另见一种新生的韶秀。桃花的粉霞妆被薄阴梳拢上了，无论浓也罢，淡也罢，总像无有不恰好的。姿媚横溢全在离合之闲，这不但耐看而已，简直是腻人去想。但亦自知这种迷眩的神情，终久不会在我笔下舌端留余其万一的。反正今天，桃花犹开着，春阴也未消散，不妨自去领略它们悄默中的言说。再说一句，即使今年春尽，还有来年哩。"青山不改，绿水长流。"湖上春光来时的双美，将永永和"孩子们"追嬉觅笑。尊贵的先生们，请千万不要厌弃这个称呼哟！虽说有限的酣恣，亦是有限的酸辛；但酸辛滋味毕竟要长哩。正在春阴里的，正在桃花下的孩子们，你们自珍重，你们自爱惜！否则春阴中恐不免要夹着飘洒萧疏的泪雨，而桃树下将有成阵的残红了。你们如真不信，你们且觑着罢。春归一度，已少了一度。明年春阴挽着桃花姊妹们的赪红的手重来湖上，你们可不是今年的你们了，它们自然也不是今年的它们了。一切全都是新的。惟我的心一味的怯怯无归，垂垂的待老了。

1924年4月7日

三　楼头一瞬

　　住杭州近五年了，与西湖已不算新交。我也不自知为什么老是这样"惜墨如金"。在往年曾有一首《孤山听雨》，以后便又好像哑子。即在那时，也一半看着雨的面子方才写的。原来西湖是久享盛名的湖山，在南宋曾被号为"销金锅"，又是白居易苏东坡林和靖他们的钓游旧地，岂稀罕渺如尘芥的我之一言呢？像我这样开头就抱了一阵狂欢，未免夸诞得好笑。湖山有灵，能勿齿冷？所以我的装哑，倒不消辨解得，一辨解可是真糟。说是由于才尽，已算谦退到十二分；但我本未尝有才，又何尽之有？岂非仍是变相的浮夸？一匹锦，一支彩笔，在我梦中吗也没有见，只是昏沉地睡。睡醒了起来，到晚上还依旧这么睡啊。

　　迁入湖楼的第一个早晨，心想今儿应当早早的起来，不要再学往常那么傻睡了。我住楼上，其上之重楼旁有小台。我就登临一望啊！这一望呀……

我们的湖山，姿容变幻：
春之花，秋之月，
朝生晖，暮留霭；
水上拖一件惨绿的年少裙衫，
山前横一抹浓青的婵娟秀黛。
游人们齐说："去来，去来。"
我也道："去来，去来。"
双桨打呀打的，
打不破这弱浅漪澜；
划儿动啊动的，
支不住这销魂重载
仪态万方的春光晨光，
备具于一瞬眼的楼头望。
只有和谐，
只有变换，
只有饱满。
创世者精灵的团凝，
又何用咱们的赞叹。

　　赞颂不当，继之以描摹；描摹不出，又回头赞颂一番：这正是鼯鼠技穷的实况。强自解嘲地说，以湖山别无超感觉外之本相，故你我他所见的俱是本相，亦俱非本相。它因一切所感所受的殊异而幻现其色相，至于亿万千千无穷的蕃变。它可又不像《西游记》上孙猴子的金箍棒，"以一化千千化万"的叫声"变"，回头还是一根。如捏着本体这意念，则它非一非多，将无所在；如解释得圆融些，它即一非多，无所不在。佛陀的经典上每每说，"作如是观"，实在是句顶聪明的话语。你不当问我及他："我将看见什么？"你应当问你自己："我要怎样看法？"你一得了这个方便，从污泥中可以挺莲花，从猪圈里可以见净土；（自然，我没有劝你闭着眼去否认事实，千万不可缠夹了。）何况以西湖的清嘉，时留稠叠的娇倩影子在你我他的心眼里的呢？

　　从右看去，葛岭兀然南向。点翠的底子渲染上丹紫黑黄的异彩，俨如一块织锦屏风。楼阁数重停峙山半。绝顶上停停当当立着一座怪俏皮，怪玲珑，怪端正的初阳台，仿佛是件小摆设，只消一个小指头就可以挑得起来的。岭麓西迄于西泠。迤西及北，门巷人家繁密整齐。桥上卧着黄绛色的坦平驰道。道旁有几丛芳草，芊绵地绿。走着的，踱着的，徘徊着的，笑语着的，成群搭淘的烧香客人。身上穿的大半是青莲毛蓝的布衫，项下挂的大半是深红老黄的布袋。桥堍以外，见苏堤六桥之第六名曰跨虹，作双曲线的弧拱。第五桥亦可望见。这儿更偏南了，上也有行人，只是远了，只见成为一桁，蚁似的往来。桑芽未生呢，所以望去也还了了。不栽桃柳只栽桑的六条桥，总伤于过朴过黯。但借着堤旁的绿的草黄的菜花，看它横陈在碧波心窝里，真是不多不少，一条一头宽一头窄，黄绿蒙茸的腰带。新绿片段地挽接着，以堤尽而亦尽，已极我目了。草色入目，越远便越清新，越娇俏，越耐看的。从前人曾说什么"芳草天涯"，到身历此境，方信这绝非浪饰浮词，恰好能写出他在当年所感。"更行更远还生。"满眼的春光尽数寄在凭阑人的一望了。

  从粗疏的轮廓固可窥见美人的容姿，但美人的美毕竟还全在丰神；丰神自无离容姿而独在之理，但包皮外相毕竟算不得骨子。泥胎，木刻，石琢的像即使完全无缺，超越世上一切所有的美，却总归不是肉的，人间的，我们的。它美极了，却和我有什么相干呢？故论西湖的美，单说湖山，不如说湖光山色，更不如说寒暄阴晴中的湖光山色，尤不如说你我他在寒暄阴晴中所感的湖光山色。湖的深广，山的远近，堤的宽窄，屋的多少，……快则百十年，迟则千万年而一变。变迁之后，尚有记载可以稽考，有图画可以追寻。这是西湖在人人心目中的所谓"大同"。或早或晚，或阴或晴，或春夏，或秋冬，或见欢愉，或映酸辛；因是光的明晦，色的浓淡，情感的紧弛，形成亿万重叠的差别相，竟没有同时同地同感这么一回事。这是西湖在人人心目中的所谓"小异"。"同"究竟是不是大，"异"究竟是不是小，我也一概不知。我只知道，同中求异是描摹一切形相者的本等。真实如果指的是不重现而言；那么，作者一旦逼近了片段的真实的时候，（即使程度极其些微）自能够使他的作品光景常新，自能够使光景常新的作品确成为他的而非你我所能劫夺。

景光在一瞬中是何等的饱满，何等的谐整。现在却畸零地东岔一言，西凑一句，以追挽它已去的影。这不知有多傻！若说新生一境绝非重现，岂不将与造化同功？此可行于天才，万不可施之我辈的。只是文章通例，未完待续。我只得大着胆再往下写。

曹魏时的子建写"洛灵感焉"的姿致，用了"神光离合乍阴乍阳"这样八个字。即此一端，才思恐决不止八斗。但我若一字不易的以移赠西湖，则连一厘一毫的才思也未必有人相许的。同是一句话，初说是新闻，再说是赘语了。（从前报登科的，二报三报，不嫌其多，这何等的有趣；可惜鬼子们进来以后，此法久已失传了。）我之所以拿定主见，非硬抄他不可，实因西湖那种神情，除此以外实难于形容。你先记住，我遇它时是在春晨，是在雨后的春晨，是在宿云未散，朝雾犹浓，微阳耀着的春晨。阴阳晴雨的异态在某一瞬间弥漫地动，在某一点上断续地变；因此湖上所具诸形相的光辉黯淡，明画朦胧，也是一息一息在全心目中跳荡无休。在这种对象之下，你逼我作静物描写，这不是要我作文，简直是要我的命。敝帚尚且有千金之享，我也不致如此的轻生。

但是一刹那，一地方的写生，我不好意思说不会。就是我好意思说，您也未必肯信的。只望你老别顶真，对付瞧着就得。湖光眩媚极了，绝非一味平铺的绿。（一见勾勒着的水，便拿大绿往上一抹，这总是不很高明的画法。）西湖的绿已被云收去了，已被雾笼住了，已被朝阳蒸散了。近处的水，暗蓝杂黄，如有片段。中央青汪汪白漫漫的，缬射云日的银光；远处乱皱着老紫的条纹。山色恰与湖相称，近山带紫，杂染黄红，远则渐青，太远则现俏蓝了。处处更萦拂以银乳的朝云，为山灵添妆。面前连山作障，腰间共同搭着一绺素练的云光，下披及水面，蒙蒙与朝雾相融。顶上亦有云气盘旋，时开时合，峰尖随之而隐显。南峰独高，坳里横一团鱼状的白云。峰顶庙墙（前年曾登过的），豁然不遮。远山亭亭，在近山缺处，孤峭而小，俏蓝中杂粉，想远在钱塘江边了。

　　云雾正密搂着，朝阳忽然在其间半露它娇黄的脸，自然要被它们狠狠的瞪着眼。这个情急已欲出，它两个死赖还不走，而轻清的风便是拨乱其间的小丑。阴晴本是风的意思，但今儿它老人家一点主意也没有，一点力气也没有，好像它特地为着送给我以庭院中的鸡啼，树林中的鸟语，大路上的邪许担子声音而来的；又好像故意爱惜船夫的血汗使大船儿小划子在湖心里，只见挪移而不见动荡。它毫不着力的自吹。春风的心力已软媚到入骨三分，无怪云雾朝阳都是这般妖娆弄姿，亦无怪乍醒的人凭到阑干，便痴然小立了。

1924年4月9日

四　日本樱花

记得往年到东京，挥汗游上野公园，只见樱树的嫩绿，不见樱花的娇绯。这追想起来，自有来迟之恨。但当时在樱树林下，亦未尝留一撮的徘徊，如往昔诗人的样子。于此见回忆竟是冤人的，又见因袭的癖趣必与外缘和会方才猖獗的。每当曼吟低叹时，我咒诅以往诗娼文丐的潮热潜沸在我待冷的血脉中。

回忆每有很鹘突的，而这次却是例外。今天，很早的早晨，在孤山的顶上，西泠印社中，文泉的南侧，朝阳的明辉里，清切拜见一树少壮的，正开着的樱花；遂涉想到昔年海外相逢，已伤迟暮的它的成年眷属来。我在湖上看樱花，此非初次；但独独这一次心上留痕。想是它的靓妆，我的恣醉，都已有"十分光"了。

柔条之与老干，含苞之与落英，未始不姿态万千，各成馨逸；可是如日方中的，如月方圆的，如春水方漪沦着的所谓"盛年"，毕竟最可贵哩！毕竟最可爱哩！婴儿和迟暮，在人间所钩惹的情怀，无非第一味是珍惜，第二味是惆怅罢了，终究算不得抵不得真正的爱和贵。恕我譬喻得这样俗陋，浅绯深绛即妖冶极了，堂皇富丽总归要让还大红的。肯定一切，否定一切，我又何敢。只是今晨所见，春山之顶，清泉之旁，朝阳光影中这一株日本绯樱，树正在盛年，花正在盛年；我虽不知所以赞叹，我亦惟有赞叹了。我于此体验到完全的美，爱和贵重是个什么样子的；顿然全身俯仰都不自如起来，一心瑟瑟的颤着，微微的欹着，轻轻的踯躅着，在洞彻圆明，娇繁盛满的绯赤光气之中央。

其时文泉之侧，除一树樱花一个我以外，只见有园丁在花下扫着疏落的残红，既不低眉凝注，也不昂首痴瞻，俯仰自如，心眼手足无不闲适；可证他才真是伴花爱花的人，像我这般竟无殊于强暴了。我蓦地如有所惊觉，在低回中闯然自去。

也还有一桩要供诉的事。同在泉旁，距樱花西五七尺许，有一株倚水的野桃，已零落了；褪红的小瓣，紫色的繁须，前几天曾卖弄过一番的，今朝竟遮不住老丑了。我瞟了它一眼，绝不爱惜它。盛年之可贵如此！至少在强暴者的世界中心目中，盛年之可贵有如此！

1924年4月13日

五　西泠桥上卖甘蔗

《儒林外史》上杜慎卿说："菜佣酒保都有六朝烟水气。"这每令我悠然神往于负着历史重载的石头城。虽然，南京也去过三两次，所谓烟花金粉的本地风光已大半销沉于无何有了。幸而后湖的新荷,台城的芜绿,秦淮的桨声灯影以及其余的,尚可仿佛惝悦地仰寻六代的流风遗韵。繁华虽随着年光云散烟销了,但它的薄痕倩影和与它曾相映发的湖山之美,毕竟留得几分,以新来游屐的因缘,而隐跃跃悄沉沉地一页一页的重现了。至于说到人物的风流,我敢明证杜十七先生的话真是冤我们的——至少,今非昔比。他们的狡诈贪庸差不多和其他都市里的人合用过一个模子的,一点看不出什么叫做"六朝烟水气"。从煤渣里掏换出钻石,世间即有人会干;但决不是我。我失望了!

倒是这一次西泠桥上所见虽说不上什么"六代风流",但总使人觉得身在江南。这天是四月三日的午前,天气很晴朗,我们携着姑苏,从我们那座小楼向岳坟走去。紫沙铺平的路上,鞋底擦擦的碎响着。略行几十步便转了一个弯,身上微觉燥热起来。坦坦平平的桥陂迤逦向北偏西,这是西泠了。桥顶,西石栏旁放着一担甘蔗,有刨了皮切成段的,也有未去青皮留整枝的,还有一只水碗,一把帚是备洒水用的。最惹目的,担子旁不见挑担的人,仅有一条小板凳,一个稚嫩的小女孩坐着。——卖甘蔗?

看她光景不过五六岁,脸皮黄黄儿的,脸盘圆圆儿的,蓬松细发结垂着小辫。春深了,但她穿得"厚裹啰哆"的,一点没有衣架子,倒活像个老员外。淡蓝条子的布袄,青莲条子的坎肩,半新旧,且很有些儿脏。下边还系着开裆裤呢。她端端正正的坐着。右手捏一节蔗根放在嘴边使劲的咬，咬下了一块仍然捏着——淋漓的蔗汁在手上想是怪黏的。左手执一枝尺许高，醉杨妃色的野桃，花开得有十分了。因为左手没得空，右手更不得劲，而蔗根的咀嚼把持愈觉其费力了。

你曾见野桃花吗？（想你没有不看见过的。）它虽不是群芳中的华贵，但当芳年，也是一时之秀。花瓣如晕脂的靥，绿叶如插鬓的翠钗，绛须又如钗上的流苏坠子。可笑它一到小小的小女孩手中，便规规矩矩的，倒学会一种娇憨了。

至她并执桃蔗，得何意境？蔗根可嚼，桃花何用呢？何处相逢？何时抛弃？……这些是我们所能揣知的吗？你只看她那鬵水双瞳，不离不着，乍注即释，痴慧躁静了无所见，即证此感邻于浑然，断断容不得多少回旋奔放的。你我且安分些罢。

我们想走过去买根甘蔗，看她怎样做买卖。后一转念，这是心理学者在试验室中对付猴鼠的态度，岂是我们应当对她的吗？我们也分明携抱个小孩呢。所以尽管姑苏的眼睛，巴巴地直盯着这一担甘蔗，我们到底哄了他，走下了桥。

在岳坟溜达了一荡，有半点来钟。时已近午，我们循原路回走，从西塝上桥，只见道旁有被抛掷的桃枝和一些零零星星的蔗屑。那个小女孩已过西泠南塝，傍孤山之阴，蹒跚地独自摸回家去。背影越远越小，我痴望着……

走过一个八九岁的男孩——她的哥？——轻轻把被掷的桃花又捡起来，耍了一回，带笑地喊："要不要？要不要？"其时作障的群青,成罗的一绿,都不言语了。他见没有应声,便随手一扬。一枝轻盈婀娜刚开到十分的桃花顿然飞堕于石阑干外。

我似醒了。正午骄阳下,悄峙着葱碧的孤山。妻和小孩早都已回家了,我也懒懒的自走回去。一路闲闲的听自己鞋底擦沙的声响,又闲闲的想:"卖甘蔗的老吃甘蔗,一定要折本!孩子……孩子……"

1924年4月14日

风化的伤痕等于零

自从读了佩弦君的《航船中的文明》（见他的集子《踪迹》，亚东出版）以后，觉得在我们这种礼义之邦，嘉范懿行，俯拾即是——尤其在一阴一阳，一男一女之间，风化所关之地。我们即使谦退到了万分，不以此傲彼鬼子，然而总可以掀髯自喜了。别人不敢知，至少当目今贞下起元的甲子年头，我是决不敢立异的。原来敝国在向来的列祖列宗的统治之下，男皆正人，女皆洁妇，既言语之不通，又授受之不亲；（鬼子诬为tabu，恨恨！）所以轩辕氏四万万的子孙，个个都含有正统的气息的。现在自然是江河日下了！幸而遗风余韵犹有存者。如佩弦君在航船中所见所闻只不过是沧海的一粟罢。——然而毕竟有可以令人肃然的地方。

一　什刹海

我别北京有一年了。重来之日，忙忙如丧家之犬，想寻觅些什么。匆匆过了半个多月，竟毫无所得。偶然有一晚，当满街荷花灯点着的时候，我和K、P、W、C四君在什刹海闲步。这里有垂垂拂地的杨枝，有出水田田的荷叶，在风尘匝地的京城里，到此总未免令人有江南之思。每于夏日，由警厅特许，辟为临时营业场。于是夹道的柳荫下，鳞次栉比的茶棚，森然植立，如行军的帐幕一般了。水面枝头的自然音乐，当然敌不过嘈杂的市声了。是不是杀风景？因我非雅兴的诗人，无意作此解答。我觉得坐在茶棚底下喝喝茶，未必不比呆呆的立着，悄对着杨柳荷花好个一点。"俗不可医哉！"

茶棚的第一特色，自然是男女分座了。礼义之邦的首善之区，有了这种大防，真是恰当好处。我第一次到京，入国问禁，就知道有这醇美之俗，惊喜不能自休。无奈其他游玩场所——如中央公园城南游艺园等等——陆续都被那些狗男女给弄坏了。只剩城北一犄角的干净土，来慰怀古者的渴想。这固然寂寞极了。只聊胜于无耳。

今天，惊诧极了！W君告我，茶棚也开放了；居然也可以男女合座了。他是和他夫人同来的，所以正得逢开禁为乐。但我呢，多少有点顽固癖——尤其当这甲子年头——不免愕然，继而怅然了。询其根由，原来只是一部分的开放，茶棚之禁令仍是依然，我听了这个，心头些微一松。

"茶"之一字似乎本身就含有维持风化的属性，我敢说地道的解释确是如此的。譬如在茶园中听戏，多少规则上要和到真光看电影不同；这是人人都有的经验。茶棚呢，亦复如此，毫无例外。喝茶总应当喝得规规矩矩，清清白白，若喝得浑淘淘哩，还像什么话！有人说："八大胡同的茶室呢，岂非例外？"我正色道："不然！不然！这正是风流事，自古已有之，与风化何干？"做文章总得看清了题目，若一味东扯西拉，还成什么"逻辑"呢！

伤害风化的第一刀，实在不和茶相干呀。茶就是风化，如何许有反风化？这是至平常的道理。所以这一次什刹海的茶棚开禁，严格说来，简直是没有这么一回事。——您知道吗？风化等于茶了，反风化又等于什么呢？您说不出吗？笨啊！自然是咖啡呀！咖啡馆虽是茶棚的变相，但既名曰咖啡馆，则却也不能再以茶例相绳了。譬如蝴蝶是蛹变的，但到蝴蝶飞过粉墙时，还算是蛹的本领吗？自然不算数！以此推彼，名曰类推。

然而毕竟可恶啊！轻轻用了咖啡馆三个大字，便把数千年的国粹砍了一刀。鬼子何其可恶呢！像W君的夫妇同品咖啡，虽然已经不大高明，却也还情有可原。若另有什么X、Y非夫妇也者而男女杂坐着，这真是"尚复成何事体"了。我不懂，禁止发行《爱的成年》《爱美的戏剧》的北京政府，竟坐视不救，未免有溺职之诮罢。

有人说，饮了咖啡，心就迷糊了，已是大中华民国化外之民了（依太戈尔喝英国人的牛肉茶之例推得），敝政府只好不管。这话却也持之有故，言之成理。而且照这说法，这种咖啡馆如长久存在着，便是一个绝好的中华民国人口问题的解决所在。社会学者固然不必杞忧了，而节制生育者之妄论，除了出乖露丑以外，更将无其他的依据了。——但我替W君夫妇着想，如他们万一都是爱国主义者，这一荡什刹海之游，却得不偿失哩。

二　津浦道中

过了两个礼拜，我搭乘津浦车南归，又发见了一桩似乎有伤风化的事。向来津浦车中，只有头二等睡车。头等车的风纪如何，我不能悬揣，不敢论列。至二等车中，除非一家子包一房间，则向来取男女分列法的。本来，这是至情至理，同座喝茶且不能，何况同房睡觉。这本是天经地义，绝无考量之余地的。无奈近两年来，睡觉的需要竟扩充到了三等客人身上。（从前三等没有睡车，似乎是暗示三等客人原不必睡觉——或者是不配睡觉。）这不能不说是一件大怪事。可是，在这里就发生问题了。就是男女们还分不分呢？依我看，本来不成问题。二等客人要顾廉耻，难道做了三等客，便是贱骨头，应当寡廉鲜耻的吗？但是铁路人员，大概都是阶级主义的信徒，所以别有会心，毅然主张"不分"。于是——三等客人的脸皮就"岌岌乎其殆哉"了。

我自正阳门站登车后，房间差不多已占满了。只有一间，仅有男女两客——大约是夫妇——我便被茶房排入了。我无力抵抗这运命。因为我已花了一块大洋，买了一张绿色的睡票，自然不甘心牺牲。而且，从前有客车时，是不许睡；现在有睡车了,就非睡不可。(例如有一客从浦口到徐州,只要一下午便到,兀然的坐着;但他明明执有一张睡票,上写着"享用床位一夜"。我觉得有点异样。)加之我腹疾才好,本有求酣睡的需要。所以礼义廉耻且靠后一点。我便毅然入室,准备对着绿色的票子,高卧一宵了。

那两位同路的客人,骤见生客的来临,自然有点讨厌。但是,应当有六客的房间,他们俩便想占住,觉得力量本不够,所以也就退让了。双方些微的交谈了两句,(自然是对着那男人说话,千万不可误会!)他们脸上憎厌的气息渐渐消散了。接着,又来了一个男客,也得受同一的待遇。依我默察,他们心理中似乎以四客一室为极大限度,决不再容第五客人进来。于是实行闭关主义。

到了天津东站,客又拥上了。其中有一个客人找不到铺位,非进来不可。门虽关着,但他硬把它拉开。茶房伴着他,把他塞进来。(依《春秋》笔法,当用纳字。)那两位客人有点愤怒了。(我和那一位,既非易损品,又非易损品之保护者,固然也很希望室内人少些,但却不开口。)男的开口拒绝他。理由是这样的:一房六客固然不错。但我们四人已买了四张睡票,把高低两层都占住了。如若再有第五客来,高低两层都没有他的地位,只有请到最高坐着的一法。在事实上,最高可是太高,巍巍然高哉,晚上高卧则可;若白天坐着,则头动辄要碰着天花板,发生蓬蓬的巨响;而脚又得悬着,荡来荡去,如檐前铁马,风里秋千。想起来决不得味。

这个诡辩足以战胜茶房而有余。(其实是错误的,票上明写着享床位一夜,则未及夜当然不能占有一个全床位。)无奈这位福建客人,热心于睡觉,热心于最高,和某三爷不相上下,竟把行李,连人一起搬进来了。其时那位有妇之夫,不免喃喃口出怨言,总是说,我有家眷!我有家眷!于是茶房不得不给他一点教训,说三等车中向不分男女的。自从抹了这一鼻子灰,他们脸上方有些恍然若失的样子,而安心做一双寡廉鲜耻的人。我其时深深的长叹,欲凄然泪下了。(居最高的那一位先生,后来始终挨着我们坐了,并未尝低头撺脚如上边所说的样子。)

这一桩事情很不容易得到一个圆满的解释。说礼教是中国人所独有,洋鬼子不能分享。但坐三等车的却未必都是"二毛子"。若以坐航船骡车的为中国人,坐火车轮船的为洋鬼子,则二三等的津浦车客同列于洋奴,何分彼此?若说有钱的人多思淫欲,所以要加防闲;则岂非穷人爬到富人头上去了。通乎不通?说来说去,还是上边的解释最为妥当:就是富人要脸,穷人不要脸;即使他偶然想要,也不许!从前三等客人都不要睡觉的,现在却已要睡了(从有睡车推知之),可见是一大进步。将来礼教昌明,一旦三等客人骤然发明了"脸",并且急迫地需要它,那时津浦路局自然会因情制礼,给他们一个脸面,而定出一个男女的大防来。古人说:"衣食足而知礼义。"现在当改说,"睡觉足而知廉耻"了。三等客人发明睡觉,拢共不过两年多,就望他们并知廉耻,这本来太嫌早计了。反正,只要吃得饱饱的,喝得足足的,睡得甜甜的,脸皮之为物即使终朝彻夜在那边摇撼着,又何妨乎!又何妨乎!至少鄙人不大介意这个的。若如我同车的一双佳偶,一个默默的说:"我是女人!我是女人!"一个喃喃的念:"我有家眷!我有家眷!"这种大傻瓜即吃个眼前亏,也算不了什么。总之,千句并一句,有钱始有脸,无钱则无脸。若没有钱而想要脸面,则是全然不可能的事情。或可在未来的乌托邦中去找,而我们大中华民国决非其地,一九二四年决非其时,断断乎是无可疑的。

从上记的两件琐事,读者们可以放下一百二十四个心,风化绝无受伤的危险。佩弦君所记的航船中的文明诚哉十分卓越。而我所言却也并不推扳①。因为第一个例,是洋奴不知有风化;第二个例,是穷人不配有风化。以我所下的界说"风化是中华民国嫡系贵人的私有品"而言,则伤痕之为物殆等于零,而国粹的完整优越,全然没有例外了。记得同游什刹海的那一晚,P君发明了一种Zero Theory,这或者也可备一个例证吗?P君以为如何?

1924年7月28日西湖

---

① 推扳:南言"不及"之意。

芝田留梦记

湖上的华时显然消灭了。"洞庭波兮木叶下。"何必洞庭,即清浅如西子湖也不免被渐劲的北风唤起那一种凄厉悲凉的气魄。这亦复不恶,但游人们毕竟只爱的是"华年",大半望望然去了。我们呢,家于湖上的,非强作解人不可。即使有几个黄昏,遥见新市场的繁灯明灭,动了"归欤"之念,也只在堤头凝望而已。

在杭州小住,便匆匆六年矣。城市的喧阗,湖山的清丽,或可以说尽情领略过了。其间也有无数的悲欢离合,如微尘一般的跳跃着在。于这一意义上,可以称我为杭州人了,最后的一年,索性移家湖上,也看六七度的圆月。至于朝晖暮霭,日日相逢,却不可数计。这种清趣自然也有值得羡慕之处。——然而,唉甘蔗的越吃到根便越甜,我们却越吃下去越不是味儿了。这种倒唉甘蔗的生活法,说起来令人悒悒,却不是此地所要说的。

湖居的一年中,前半段是清闲极了,后半段是凄恻极了。凉秋九月转瞬去尽,冬又来了。白天看见太阳,只是这么淡淡的。脚尖蹴着堤上的碎沙,眼睛盯着树下成堆的黄叶。偶尔有三三两两乡下人走过去,再不然便是邻居,过后又寂然了。回去，家中人也惨怛无欢，谈话不出感伤的范围，相对神气索然。到图书馆去，无非查检些关于雷峰塔故实的书，出来一望，则青黛的南屏前，平添了块然的黄垄，千岁的醉翁颓然尽矣！

这还是碰着晴天呢，若下雨那更加了不得。江南的寒雨说有特具的丰神，如您久住江南的必将许我为知音。它的好处，一言蔽之，是能彻心彻骨的洗涤您。不但使你感着冷，且使它的冷从你骨髓里透泄出来。所剩下几微的烦冤热痛都一丝一缕地蒸腾尽了，惟有一味是清，二味是冷，与你同在。你感着悲哀了。原来我们的悲哀，名说而已，大半夹杂了许多烦恼。只有经过江南兼旬的寒雨洗濯后的心身，方才能体验得一种发浅碧色，纯净如水晶的悲哀。这是在北方睡热炕，喝白干，吃爆羊肉的人所难得了解的，他们将哂为南蛮子的癖气。

我宁耐着心情，不厌百回读似的细听江南的雨，尤其是洒落在枯叶上的寒雨，尤其是在夜分或平旦乍醒的时光，听那雨声的间歇和突发。

也是阴沉沉的天色，仿佛在吴苑西桥旁的旧居里。积雨初收，万象是十分的甜静，只浓酣的白云凝滞不飞，催着新雨来哩。萧寥而明瑟，明瑟而兼荒寒的一片场圃中，有菜畦，晚菘是怎样漂亮的；又有花径，秋菊是怎样憔悴的。环圃曲墙上的蛎粉大半剥落了。离墙四五尺多，离离地植着黄褐的梧桐，紫的柏，丹的枫，及其他的杂树。有几株已光光的打着颤，其余的也摇摇欲堕了。翦截说，那旧家的荒圃，被笼络在秋风秋雨间了。

江南之子哟，你应当认识，并应当appreciate那江南。秋风来时，苍凉悲劲中，终含蓄着一种入骨的袅娜。你侧着耳，听落叶的嘶叫确是这般的微婉而凄抑，就领会到西风渡江后的情致了。一样的摇落，在北方是干脆，在我们那里是缠绵呢。这区别是何等的有趣，又是何等的重要。北方的朋友们如以此斥我们为软媚，则我是当仁不让的。

说起雨来，江南入夏的雨，每叫人起腻。所谓"梅子黄时雨"，若被所谓解人也者领略了去，或者又是诱惑之一。但我们这些住家人，却十中有九是讨厌它的。冬日的寒雨，趣味也是特殊的，如上所说。惟当春秋佳日，微妙的尖风携着清莹的酥雨，洒洒刺刺的悠然来时，不论名花野草，紫蝶黄蜂同被着轻松松的沐浴，以后或得微云一罨，或得迟日一烘，细缊出一种酣醉的杂薰；这种眩媚真是仪态万方，名言不尽的。想来想去，"照眼欲流"，倒是一种恰当的写法。若还不恍然，再三去审度它的神趣，那就嫌其唐突了。

今天，满城风雨的清秋节，似乎荒圃中有什么盛会，所以"冠裳云集"了。来的总是某先生某太太小姐之徒，谁耐烦替他们去唱名——虽然有当日的号簿可证。我只记一桩值得记的romance。

我将怎样告诉你呢？老老实实，规规矩矩的直言拜上，还是兜个圈子，跑荡野马呢？真令我两为难！说得老实了，恐怕你用更老实的耳朵去听，以致缠夹；目下老实人既这般众多，我不能无戒心。说得俏皮一点，固然不错，万一你又胡思乱想，横生误会，又怎样办呢？目今的"误会"两字又这样的时髦！这便如何是好？不说不行，只有乱说。所谓"说到那里是那里"，"船到弯头自会直"。这种行文的秘诀，你的修辞学讲义上怕还未必有。

在圆朗的明月中，碧玉的天上漾着几缕银云，有横空一鹤，素翅盘旋，依依欲下；忽然风转雪移，陡发一声长唳，冲天去了。那时的我们凭阑凝望，见它行踪的飘泊，揣它心绪的迟徊，是何等的痛惜，是何等的渴想呢。你如有过这种感触，那么，下边的话于你是多余的——虽然也不妨再往下看。

遥遥的望见后，便深深的疑讶了。这不是C君吗？七八年前，在北京时，她曾颠倒过我的梦魂。只是那种闲情，以经历年时之久而渐归黯淡。这七八年中，我不知干了些什么，把前尘前梦都付渺茫了。无奈此日重逢，一切往事都活跃起来，历历又在心头作奇热了。"正是江南好风景，落花时节又逢君"；不过是两个老头儿对唱个肥喏罢了，尚且肉麻到如此。何况所逢的是佳丽，更当冷清清的时节呢。

昔日的靓妆，今朝偏换了缟素衣裳；昔日的憨笑丰肌，今朝又何其掩抑消瘦，若有所思呢？可见年光是不曾饶过谁的，可见芳华水逝是终究没有例外的，可见"如何对摇落，况乃久风尘"这种哀感是万古不易磨灭的。幸而凭着剪剪秋水的一双眸子，乍迎乍送，欲敛未回，如珠走盘，如星丽天，以证她的芳年虽已在路上，尚然逡巡着呢。这是当年她留给我的惟一的眩惑哟！

她来在我先，搀着一个十三四岁的女婢坐在前列。我远远的在后排椅上坐了。不知她看见我没有，我只引领凝视着。

当乐声的乍歇，她已翩然而举，宛转而歌了。一时笑语的喧哗顿归于全寂，惟闻沉着悲凉的调子，迸落自丹唇皓齿间，屡掷屡起，百折千回的绵延着。我屏息而听，觉得胸膈里的泥土气，渐渐跟着缥缈的声音袅荡为薄烟，为轻云了。心中既洞然无物，几忘了自己坐在那里，更不知坐得有多么久。不知怎的瞿然一惊，早已到了曲终人杳的时分，看见她扶着雏婢，傍着圃的西墙缓缓归去。

我也惘惘然走了罢！信步行去，出圃的东门，到了轿厅前。其时暂歇的秋雨，由萧疏而紧密，渐潺湲地倾注于承檐外，且泛滥于厅和门道间的院落里。雨丝穿落石隙，花花的作小圆的旋涡，那积潦之深可见了。

在此还邀得一瞬的逢迎，真是临歧的慧思啊。我看她似乎不便径跨过这积水的大院，问她要借油屐去吗。她点点头，笑了笑。我返身东行，向桐阴书舍里，匆匆的取了一双屐，一把油纸伞。再回到厅前，她已远在大门外。（想已等得不耐烦。）我想追及她。

惟见三五乘已下油碧帷的车子，素衣玄鬓的背影依依地隐没了。轮毂们老是溜溜的想打磨陀,又何其匆忙而讨厌呢。——我毕竟追及她。

左手搴着车帷,右手紧握她的手,幽抑地并坚决地说:"又要再见啦!"以下的话语被暗滋的泪给哽咽住了。泪何以不浪浪然流呢?想它又被什么给挡回去了。只有一味的凄黯,迎着秋风,冒着秋雨,十分的健在。

冰雪聪明的,每以苦笑掩她的悲恻。她垂着眼,嗫嚅着:"何必如此呢,以后还可以相见的。"我明知道她当我小孩子般看,调哄我呢;但是我不禁要重重的吻她的素手。

车骨碌,格磷磷的转动了,我目送她的渐远。

才过了几家门面,有一辆车打回头,其余的也都站住。又发生什么意外呢?我等着。

"您要的蜜渍木瓜,明儿我们那边人不得空,您派人来取罢。"一个从者扳着车帷这样说。

"这么办也好。你们门牌几号?"

他掏出一张黯旧的名片,我瞟了一眼,是"□街五十一号康□□铺"。以外忘了,且全忘了。

无厌无疲的夜雨在窗外枯桐的枝叶上又潇潇了。高楼的枕上有人乍反侧着,重衾薄如一张纸。

     1924年11月20日在杭州湖上成梦,
     1925年2月20日在北京记此。

西湖的六月十八夜

我写我的"中夏夜梦"罢。有些踪迹是事后追寻,恍如梦寐,这是习见不鲜的;有些,简直当前就是不多不少的一个梦,那更不用提什么忆了。这儿所写的正是佳例之一。

在杭州住着的,都该记得阴历六月十八这一个节日罢。它比什么寒食,上巳,重九……都强,在西湖上可以看见。

杭州人士向来是那么寒乞相的;(不要见气,我不算例外。)惟有当六月十八的晚上,他们的发狂倒很像有点澈底的。(这是鲁迅君赞美蚊子的说法。)这真是佛力庇护——虽然那时班禅还没有去。

说杭州是佛地,如其是有佛的话,我不否认它配有这称号。即此地所说的六月十八,其实也是个佛节日。观世音菩萨的生日听说在六月十九,这句话由来远矣,是千真万确的了,而十八正是它的前夜。

三天竺和灵隐本来是江南的圣地,何况又恭逢这位"大慈大悲救苦救难观世音菩萨"的芳诞,——又用靓丽的字样了,死罪,死罪!——自然在进香者的心中,香烧得早,便越恭敬,得福越多,这所谓"烧头香"。他们默认以下的方式:得福的多少以烧香的早晚为正比例，得福不嫌多，故烧香不怕早。一来二去，越提越早，反而晚了。（您说这多么费解。）于是便宜了六月十八的一夜。

不知是谁的诗我忘怀了，只记得一句，可以想象从前西子湖的光景，这是"三面云山一面城"。现在打桨于湖上的，却永无缘拜识了。云山是依然，但濒湖女墙的影子那里去了？我们凝视东方，在白日只是成列的市廛，在黄昏只是星星的灯火，虽亦不见得丑劣；但没出息的我总会时常去默想曾有这么一带森严曲折颓败的雉堞，倒印于湖水的纹衾里。

从前既有城，既不能没有城门。滨湖之门自南而北凡三：曰清波，曰涌金，曰钱塘，到了夜深，都要下锁的。烧香客人们既要赶得早，且要越早越好，则不得不设法飞跨这三座门。他们的妙法不是爬城，不是学鸡叫，（这多么下作而且险！）只是隔夜赶出城。那时城外荒荒凉凉的，没有湖滨聚英，更别提西湖饭店新新旅馆之流了，于是只好作不夜之游，强颜与湖山结伴了。好在天气既大热，又是好月亮，不会得受罪的。至于放放荷灯这种把戏，都因为惯住城中的不甘清寂，才想出来的花头，未必真有什么雅趣。杭州人有了西湖，乃老躲在城里，必要被官府（关城门）佛菩萨（做生日）两重逼迫着方始出来晃荡这一夜；这真是寒乞相之至了。拆了城依旧如此，我看还是惰性难除罢，不见得是彻底发泄狂气呢。

我在杭州一住五年，却只过了一个六月十八夜；暑中往往他去，不是在美国就是在北京。记得有一年上，正当六月十八的早晨我动身北去的，莹环他们却在那晚上讨了一只疲惫的划子，在湖中漂泛了半晌。据说那晚的船很破烂，游得也不畅快；但她既告我以游踪，毕竟使我愕然。

去年住在俞楼，真是躬逢其盛。是时和H君一家还同住着。H君平日兴致是极好的，他的儿女们更渴望着这佳节。年年住居城中，与湖山究不免隔膜，现在却移家湖上了。上一天先忙着到岳坟去定船。在平时泛月一度，约费杖头资四五角，现在非三元不办了。到十八下午，我们商量着去到城市买些零食，备嬉游时的咬嚼。我俩和Y、L两小姐，背着夕阳，打桨悠悠然去。

归途车上白沙堤，则流水般的车儿马儿或先或后和我们同走。其时已黄昏了。呀，湖楼附近竟成一小小的市集。楼外楼高悬着眩目的石油灯，酒人已如蚁聚。小楼上下及楼前路畔，填溢着喧哗和繁热。夹道树下的小摊儿们，啾啾唧唧在那边做买卖。如是直接于公园，行人来往，曾无间歇。偏西一望，从岳坟的灯火，瞥见人气的浮涌，与此地一般无二。这和平素萧萧的绿杨，寂寂的明湖大相径庭了。我不自觉的动了孩子的兴奋。

饭很不得味的匆匆吃了，马上就想坐船。——但是不巧，来了一群女客，须得尽先让她们耍子儿；我们惟有落后了。H君是好静的，主张在西泠桥畔露坐憩息着，到月上了再去荡桨。我们只得答应着；而且我们也没有船，大家感着轻微的失意。

西泠桥畔依然冷冷清清的。我们坐了一会儿，听远处的箫鼓声，人的语笑都迷蒙疏阔得很，顿遭逢一种凄寂，迥异我们先前所期待的了。偶尔有两三盏浮漾在湖面的荷灯漂近我们，弟弟妹妹们便说灯来了。我瞅着那伶俜摇摆的神气，也实在可怜得很呢。后来有日本仁丹的广告船，一队一队，带着成列的红灯笼，沉填的空大鼓，火龙般的在里湖外湖闲穿走着，似乎抖散了一堆寂寞。但不久映入水心的红意越宕越远越淡，我们以没有船赶它们不上，更添许多无聊。——淡黄月已在东方涌起，天和水都微明了。我们的船尚在渺茫中。

月儿渐高了，大家终于坐不住，一个一个的陆续溜回俞楼去。H君因此不高兴，也走回家。那边倒还是热闹的。看见许多灯，许多人影子，竟有归来之感，我一身尽是俗骨罢？嚼着方才亲自买来的火腿，咸得很，乏味乏味！幸而客人们不久散尽了，船儿重系于柳下，时候虽不早，我们还得下湖去。我鼓舞起孩子的兴致来："我们去。我们快去罢！"

红明的莲花漂流于银碧的夜波上，我们的划子追随着它们去。其实那时的荷灯已零零落落，无复方才的盛。放的灯真不少，无奈抢灯的更多。他们把灯都从波心里攫起来，摆在船上明晃晃的，方始踌躇满志而去。到烛烬灯昏时，依然是条怪蹩脚的划子，而湖面上却非常寥落；这真是杀风景。"摇罢，上三潭印月。"

西湖的画舫不如秦淮河的美丽；只今宵一律妆点以温明的灯饰，嘹亮的声歌，在群山互拥，孤月中天，上下莹澈，四顾空灵的湖上，这样的穿梭走动，也觉别具丰致，决不弱于她的姊妹们。用老旧的比况，西湖的夏是"林下之风"，秦淮河的是"闺房之秀"。何况秦淮是夜夜如斯的；在西湖只是一年一度的美景良辰，风雨来时还不免虚度了。

公园码头上大船小船挨挤着。岸上石油灯的苍白芒角，把其他的灯姿和月色都逼得很黯淡了，我们不如别处去。我们甫下船时，远远听得那边船上正缓歌《南吕·懒画眉》，等到我们船拢近来，早已歌阑人静了，这也很觉怅然。我们不如别处去。船渐渐的向三潭印月划动了。

中宵月华的皎洁，是难于言说的。湖心悄且冷；四岸浮动着的歌声人语，灯火的微芒，合拢来却晕成一个繁热的光圈儿围裹着它。我们的心因此也不落于全寂，如平时夜泛的光景；只是伴着少一半的兴奋，多一半的怅惘，软软地跳动着。灯影的历乱，波痕的皱皱，云气的奔驰，船身的动荡……一切都和心象相溶合。柔滑是入梦的惟一象征，故在当时已是不多不少的一个梦。

及至到了三潭印月，灯歌又烂漫起来，人反而倦了。停泊了一歇，绕这小洲而游，渐入荒寒境界；上面欹侧的树根，旁边披离的宿草，三个圆尖石潭，一支秃笔样的雷峰塔，尚同立于月明中。湖南没有什么灯,愈显出波寒月白;我们的眼渐渐饧涩得抬不起来了,终于摇了回去。另一划船上奏着最流行的《三六》,柔曼的和音依依地送我们的归船。记得从前H君有一断句是"遥灯出树明如柿",我对了一句"倦桨投波密过饧";虽不是今宵的眼前事,移用却也正好。我们转船,望灯火的丛中归去。

梦中行走般的上了岸,H君夫妇回湖楼去,我们还恋恋于白沙堤上尽徘徊着。楼外楼仍然上下通明,酒人尚未散尽。路上行人三三五五,络绎不绝。我们回头再往公园方面走,泊着的灯船少了一些,但也还有五六条。其中有一船挂着招帘,灯亦特别亮,是卖凉饮及吃食的,我们上去喝了些汽水。中舱端坐着一个华妆的女郎,虽然不见得美,我们乍见,误认她也是客人,后来不知从那儿领悟出是船上的活招牌,才恍然失笑,走了。

不论如何的疲惫无聊,总得拼到东方发白才返高楼寻梦去;我们谁都是这般期待的。奈事不从人愿,H君夫妇不放心儿女们在湖上深更浪荡,毕竟来叫他们回去。顶小的一位L君临去时只咕噜着:"今儿玩得真不畅快!"但仍旧垂着头踱回去了。只剩下我们,踽踽凉凉如何是了?环又是不耐夜凉的。"我们一淘走吧!"

他们都上重楼高卧去了。我俩同凭着疏朗的水泥栏,一桁楼廊满载着月色,见方才卖凉饮的灯船复向湖心动了,活招牌式的女人必定还支撑着倦眼端坐着呢，我俩同时作此想。叮叮当，叮叮冬，那船在西倾的圆月下响着。远了，渐渐听不真，一阵夜风过来，又是叮……当，叮……冬。

　　一切都和我疏阔，连自己在明月中的影子看起来也朦胧得甚于烟雾。才想转身去睡；不知怎的脚下蹉跎了一步，于是箭逝的残梦俄然一顿，虽然马上又脱镞般飞驶了。这场怪短的"中夏夜梦"，我事后至今不省得如何对它。它究竟回过头瞟了我一眼才走的，我那能怪它。喜欢它吗？不，一点不！

1925年4月13日作于北京

城 站

读延陵君的《巡回陈列馆》以后（文载《我们的六月》），那三等车厢中的滋味，垂垂的压到我睫下了。在江南，且在江南的夜中，那不知厌倦的火车驮着一大群跌跌撞撞的三等客人归向何处呢？难怪延陵说："夜天是有限的啊！"我们不得不萦萦于我们的归宿。

以下自然是我个人的经历了。我在江南的时候最喜欢乘七点多钟由上海北站开行的夜快车向杭州去。车到杭州城站，总值夜分了。我为什么爱搭那趟车呢？佩弦代我说了："堂堂的白日，界画分明的白日，分割了爱的白日，岂能如她的系着孩子的心呢？夜之国，梦之国，正是孩子的国呀；正是那时的平伯君的国呀！"（见《忆》的跋）我虽不能终身沉溺于夜之国里，而它的边境上总容得我的几番彳亍。

您如聪明的，必觉得我的话虽娓娓可听，却还有未尽然者；我其时家于杭州呢。在上海作客的苦趣，形形色色，微尘般的压迫我；而杭州的清暇甜适的梦境悠悠然幻现于眼前了。当街灯乍黄时，身在六路圆路的电车上，安得不动"归欤"之思？于是一个手提包，一把破伞，又匆促地搬到三等车厢里去。火车奔腾于夜的原野，喘吁吁地驮着我回家。

在烦倦交煎之下，总快入睡了。以汽笛之尖嘶，更听得茶房走着大嚷："客人！到哉；城站到哉！"始瞿然自警，把手掠掠下垂的乱发，把袍子上的煤灰抖个一抖，而车已慢慢的进了站。电灯迫射惺忪着的眼，我"不由自主"的挤下了车。夜风催我醒，过悬桥时，便格外走得快。我快回家了！

不说别的，即月台上两桁电灯，也和上海北站的不同；站外兜揽生意的车夫尽管粗笨，也总比上海的"江北人"好得多了。其实西子湖的妩媚，城站原也未必有分。只因为我省得已到家了，这不同岂非当然。

她的寓所距站只消五分钟的人力车。我上车了，左顾右盼，经过的店铺人家，有早关门的，有还亮着灯的，我必要默察它们比我去时（那怕相距只有几天），有何不同。没有，或者竟有而被我发见了几个小小的，我都会觉得欣然，一种莫名其妙的欣欣然。

到了家，敲门至少五分钟。（我不预报未必正确的行期，看门的都睡了。）照例是敲得响而且急，但也有时缓缓地叩门。我也喜欢夜深时踯躅门外，闲看那严肃的黑色墙门和清净的紫泥巷陌。我知道的确已到了家，不忙在一时进去，马上进去果妙，慢慢儿进去亦佳。我已预瞩有明艳的笑，迎候我的归来。这笑靥是十分的"靠得住"。

从车安抵城站后，我就体会得一种归来的骄傲，直到昂然走入自己常住的室为止。其间虽只有几分钟，而这区区的几分钟尽容得我的徘徊。仿佛小孩闹了半天，抓得了糖，却不就吃，偏要玩弄一下，再往嘴里放。他平常吃糖是多么性急的；但今天因为"有"得太牢靠了，故意慢慢儿吃，似乎对糖说道："我看你还跑得了吗？"在这时小孩是何等的骄傲，替他想一想。

城站无异是一座迎候我的大门，距她的寓又这样的近；所以一到了站，欢笑便在我怀中了。无论在那一条的街巷，那一家的铺户，只要我凝神注想，都可以看见她的淡淡的影儿，我的渺渺的旧踪迹。觉得前人所谓"不怨桥长，行近伊家土亦香"这个意境也是有的。

以外更有一桩可笑的事：去年江浙战时，我们已搬到湖楼，有一天傍晚，我无端触着烦闷，就沿着湖边，直跑到城站，买了一份上海报，到站台上呆看了一会来往的人。那么一鬼混，混到上灯以后，竟脱然无累的回了家。环很惊讶，我也不明白所以然。

我最后一次去杭州，从拱宸桥走，没有再过城站。到北京将近一年，杭州非复我的家乡了。万一重来时，那边不知可还有认识我的吗？不会当我异乡客人看待吗？这真是我日夜萦心的。再从我一方面想，我已省得那儿没有我的家，还能保持着孩子的骄矜吗？不呢？我想不出来。若添了一味老年人的惆怅，我又希罕它做什么？然而惆怅不又是珍贵的趣味吗？我将奈何！真的，您来！我们仔细商量一下：我究竟要不要再到杭州去，尤其是要不要乘那班夜车到杭州城站去，下车乎？不下车乎？两为难！我看，还是由着它走，到了闸口，露宿于钱塘江边的好。城闉巷陌中，自然另外有人做他们的好梦，我不犯着讨人家的厌。

"满是废话，听说江南去年唱过的旧戏，又在那边新排了，沪杭车路也不通了，您到那儿去？杭州城站吗？"

1925年10月6日，北京。

清河坊

　　山水是美妙的俦侣,而街市是最亲切的。它和我们平素十二分稔熟,自从别后,竟毫不踌躇,蓦然闯进忆之域了。我们追念某地时,山水的清音,其浮涌于灵府间的数和度量每不敌城市的喧哗,我们太半是俗骨哩!(至少我是这么一个俗子。)白老头儿舍不得杭州,却说"一半勾留为此湖";可见西湖在古代诗人心中,至多也只沾了半面光。那一半儿呢?谁知道是什么?这更使我胆大,毅然于西湖以外,另写一题曰"清河坊"。读者若不疑我为火腿茶叶香粉店作新式广告,那再好没有。

　　我决不想描写杭州狭陋的街道和店铺,我没有那般细磨细琢的工夫,我没有那种收集零丝断线织成无缝天衣的本领;我只得藏拙。我所亟亟要显示的是淡如水的一味依恋,一种茫茫无羁泊的依恋,一种在夕阳光里,街灯影旁的依恋。这种微婉而入骨三分的感触,实是无数的前尘前梦酝酿成的,没有一桩特殊事情可指点,也不是一朝一夕之功。我实在不知从何说起,但又觉得非说不可。环问我:"这种窘题,你将怎么做?"我答:"我不知道怎样做,我自信做得下去。"

人和"其他"外缘的关联，打开窗子说亮话，是没有那回事。真的不可须臾离的外缘是人与人的系属，所谓人间便是。我们试想：若没有飘零的游子，则西风下的黄叶，原不妨由它们哗哗自己去响着。若没有憔悴的女儿，则枯干了的红莲花瓣，何必常夹在诗集中呢？人万一没有悲欢离合，月即使有阴晴圆缺，又将为何呢？怀中不曾收得美人的倩影，则入画的湖山，其黯淡又将如何呢？……一言蔽之，人对于万有的趣味，都从人间趣味的本身投射出来的。这基本趣味假如消失了，则大地河山及它所有的兰因絮果毕落于渺茫了。在此我想注释我在《鬼劫》中一句费解的话："一切似吾生，吾生不似那一切。"

离题已远，快回来吧！我自述鄙陋的经验，还要"像煞有介事"，不又将为留学生所笑乎？其实我早应当自认这是幻觉，一种自骗自的把戏。我在此所要解析的，是这种幻觉怎样构成的。这或者虽在通人亦有所不弃罢。

这儿名说是谈清河坊，实则包括北自羊坝头，南至清河坊这一条长街。中间的段落各有专名，不烦枚举。看官如住过杭州的，看到这儿早已恍然；若没到过，多说也还是不懂。杭州的热闹市街不止一条，何以独取清河坊呢？我因它逼窄得好，竟铺石板不修马路亦好；认它为typical杭州街。

我们雅步街头，则咯噔咯噔的石板怪响，而大嚷"欠来！欠来！"的洋车，或前或后冲过来了。若不躲闪，竟许老实不客气被车夫推搡一下,而你自然不得不肃然退避了。天晴还算好;落雨的时候,那更须激起石板洼隙的积水溅上你的衣裳,这真糟心!这和被北京的汽车轮子溅了一身泥浆是仿佛的;虽然发江南热的我觉得北京的汽车是老虎(非彼老虎也!),而杭州的车夫毕竟是人。你拦阻他的去路,他至多大喊两声,推你一把,不至于如北京的高轩哀嘶长唳地过去,似将要你的一条穷命。

那怕它十分喧阗,悠悠然的闲适总归消除不了。我所经历的江南内地,都有这种可爱的空气;这真有点儿古色古香。

我在伦敦纽约虽住得不久,却已嗅得欧美名都的忙空气;若以彼例此,则藐乎小矣。杭州清河坊的闹热,无事忙耳。他们越忙,我越觉得他们是真闲散。忙且如此,不忙可知。——非闲散而何?

我们雅步街头,虽时时留意来往的车子,然终不失为雅步。走过店窗,看看杂七杂八的货色,一点没有Show Window的规范,但我不讨厌它们。我们常常去买东西,还好意思摔什么"洋腔"呢?

我俩和娴小姐同走这条街的次数最多,她们常因配置些零星而去,我则瞎跑而已。有几家较熟的店铺差不多没有不认识我们的。有时候她们先到,我从别处跑了去,一打听便知道,我终于会把她们追着的。大约除掉药品书报糖食以外,我再不花什么钱,而她们所买决然不同;都大包小裹的带回了家,挨到上灯的时分。若今天买的东西少，时候又早，天气又好，往往雇车到旗下营去，从繁热的人笑里，闲看湖滨的暮霭与斜阳。"微阳已是无多恋，更苦遥青著意遮。"我时时看见这诗句自己的影子。

清河坊中，小孩子的油酥饺是佩弦以诗作保证的；我所以时常去买来吃。叫她们吃，她们以在路上吃为不雅而不吃；常被我一个人吃完了。油酥饺冰冷的，您想不得味罢。然而我竟常买来吃，且一顿便吃完了。你不以为诧异吗？不知佩弦读至此如何想？他不会得说："这是我一首诗的力啊！"

我收集花果的本领真太差，有些新鲜的果子，藏在怀中几年之后，不但香色无复从前，并且连这些果子的名目，形态，影儿都一起丢了。这真是所谓"抚空怀而自惋"了。譬如提到清河坊，似有层层叠叠感触的张本在那边，然细按下去，便觉洞然无物。即使不是真的洞然，也总是说它不出。在实际上，"说不出"与"洞然"的差别，真是太小了。

在这狭的长街上，不知曾经留下我们多少的踪迹。可是坚且滑的石板上，使我们的肉眼怎能辨别呢？况且，江南的风虽小，雨却豪纵惯了的。暮色苍然下，飒飒的细点儿，渐转成牵丝的"长脚雨"，早把这一天走过的千千人的脚迹，不论男的女的老的少的村的俏的，洗刷个干净。一日且如此，何论旬日；兼旬既如此，何论经年呢！明日的人儿等着哩，今日的你怎能不去！不看见吗？水上之波如此，天上之云如斯；云水无心,"人"却多了一种荒唐的眷恋,非自寻烦恼吗?若依颉刚的名理推之,烦恼是应当自己寻的;这却又无以难他。

我由不得发两句照例的牢骚了。天下惟有盛年可贵这是自己证明的真实。梦阑酒醒,还算个什么呢;千金一刻是正在醉梦之中央。我们的脚步踏在土泥或石上,我们的语笑颤荡在空气中,这是何等的切实可喜。直到一切已黯淡渺茫,回首有凄悱的颜色,那时候的想头才最没有出息;一方面要追挽已逝的芳香,一方面妒羡他人的好梦。去了的谁挽得住,剩一双空空的素手;妒羡引得人人笑,我们终被拉下了。这真觉得有点犯不着,然而没出息的念头,我可是最多。

匆匆一年之后,我们先后北来了。为爱这风尘来吗?还是逃避江南的孽梦呢?娴小姐平日最爱说"窝逸"。破烂的大街,荒寒的小胡同,时闻瑟缩的枯叶打抖,尖厉的担儿吆喝,沉吟的车骨碌的话语,一灯初上,四座无言;她仍然会说"窝逸"吗?或者陡然猛省,这是寂寞长征的一尖站呢?我毕竟想不出她应当怎样着想方好。

我们再同步于北京的巷陌,定会觉得异样;脚下的尘土,比棉花还软得多哩。在这样的软尘中,留下的踪迹更加靠不住了,不待言。将来万一,娴小姐重去江南,许我谈到北京的梦,还能如今日谈杭州清河坊巷这样的洒脱吗?"人到来年忆此年"。想到这里,心渐渐的低沉下去,另有一幅飘零的图画影子,烟也似的晃荡在我眼下。

话说回来，干脆了当！若我们未曾在那边徘徊，未曾在那边笑语；或者即有徘徊笑语的微痕而不曾想到去珍惜它们，则莫说区区清河坊，即十百倍的胜迹亦久不在话下了。我爱诵父亲的诗句：

只缘曾系乌篷艇，野水无情亦耐看。

1925年10月23日北京

春 来

"假使冬天来了,春天还能远吗?"您也将遥遥有所忆了。——虽然,我是不该来牵惹您的情怀的。

然而春天毕竟会来的,至少不因咱们不提起它而就此不来。于是江南的莺花和北地的风尘将同邀春风的一笑了。我们还住在一个世界上哩!

果真我们生长在绝缘的两世界上,这是何等好!果真您那儿净是春天,我这儿永远是冰,是雪,是北风,这又何等好。可惜都不能!我们总得感物序之无常,怨山河之辽廓,这何苦来?

微吟是不可的,长叹也是不可的,这些将挡着幸运人儿的路。若一味的黯然,想想看于您也不大合适的罢,"更加要勿来"。只有跟着时光老人的脚迹,把以前的噩梦渐渐笼上一重乳白的轻绢,更由朦胧而渺茫,由渺茫而竟消沉下去,那就好了!夫子者好也,语不云乎?

谁都懂得,我当以全默守新春之来。可恨我不能够如此哩。想到天涯海之角,许有凭阑凝想的时候,则区区奉献之词,即有些微的唐突,想也是无妨于您那春风的一笑的。

> 丁卯立春前十一日,1927年1月25日。

眠 月
——呈未曾一面的亡友白采君

一 楔子

万有的缘法都是偶然凑泊的罢。这是一种顶躲懒顶顽皮的说法，至少于我有点对胃口。回首旧尘，每疑诧于它们的无端，究竟当年是怎么一回事，固然一点都说不出，只惘惘然独自凝想而已。想也想不出什么来，只一味空空的惘惘然罢。

即如今日，住在这荒僻城墙边的胡同里，三四间方正的矮屋，一大块方正的院落，寒来暑往，也无非冰箱撤去换上泥炉子，夏布衫收起找出皮袍子来，……凡此之流不含糊是我的遭遇。若说有感，复何所感？若说无所感，岂不呜呼哀哉耶！好在区区文才的消长，不关乎世道人心，"理他呢"！

无奈昔日之我非今日之我也，颇有点儿sentimental。伤春叹夏，当时几乎当作家常便饭般咬嚼。不怕"寒尘"，试从头讲起。

爱月眠迟是老牌的雅人高致。眠月呢，以名色看总不失为雅事，而事实上也有未必然的。在此先就最通行的说，即明张岱所谓"杭州人避月如仇";也是我所说的,"到月光遍浸长廊,我们在床上了;到月光斜切纸窗,我们早睡着了"。再素朴点,月亮起来,纳头困倒;到月亮下去,骨碌碌爬起身来。凡这般眠月的人是有福的,他们永远不用安眠药水的。我有时也这么睡,实在其味无穷,名言不得。(读者们切不可从字夹缝里看文章,致陷于不素朴之咎。)你们想,这真俗得多么雅。"日出而作,日入而息",岂不很好。管它月儿是圆的是缺的,管它有没有蟾蜍和玉兔,有没有娇滴滴梅兰芳式的嫦娥呢。听说有一回庭中望月,有一老妈诧异着:"今儿晚上,月亮怎么啦!"(怎字重读)懂得看看这并不曾怎么的月亮就算得雅人吗?不将为老妈子所笑乎!

二 正传

湖楼几个月的闲居,真真是闲居而已,绝非有意于混充隐逸。惟湖山的姝丽朝夕招邀,使我们有时颠倒得不能自休。其时新得一友曰白采,既未谋面,亦不知其家世,只从他时时邮寄来的凄丽的诗句中,发见他的性情和神态。

老桂两株高与水泥栏杆齐。凭栏可近察湖的银容,远挹山的黛色。楼南向微西,不遮月色,故其升沉了无翳碍。有时被轻云护着,廊上浅映出乳白的晕华;有时碧天无际,则遍浸着冰莹的清光。我们卧室在楼廊内,短梦初歇,每从窗棂间窥见月色的多少，便起来看看，萧萧的夜风打着惺忪的脸，感到轻微的瑟缩。静夜与明湖悄然并卧于圆月下，我们亦无语倦而倚着，终久支不住饧软的眼，撇了它们重寻好梦去。

其时当十三年夏，七月二十四日采君信来附有诗词，而《渔歌子》尤绝胜，并有小语云："足下与阿环亦有此趣事否？"所谓"爱月近来心却懒，中宵起坐又思眠"，我们俩每吟讽低回不能自已。采君真真是个南国"佳人"！今则故人黄土矣！而我们的前尘前梦亦正在北地的风沙中飘荡着沉埋着。

江南苦夏，湖上尤甚。浅浅的湖水久曝烈日下，不异一锅温汤。白天热固无对，而日落之后湖水放散其潜热，夹着凉风而摇曳，我们脸上便有乍寒乍热的异感。如此直至于子夜，凉风始多，然而东方快发白了，有酷暴的日头等着来哩。

杭州山中原不少清凉的境界，若说严格的西湖，避暑云何哉，适得其反。且不论湖也罢，山也罢，最惹厌而挥之不去的便是蚊子。好天良夜，明月清风，其病蚊也尤甚。我在以下说另一种的眠月，听来怪甜蜜，钩人好梦似的。却不要真去做梦，当心蚊子！（我知道采君也有同感的，从他的来信看出来。）

月影渐近虚廊，夜静而热终不减，着枕汗便奔涌，觉得夜热殆甚于昼，我们睡在月亮底下去，我们浸在月亮中间去。然而还是困不着，非有什么"不雅之闲"也（用台湾的典故，见《语丝》一四八），尤非怕杀风景也，乃真睡不着耳。我们的小朋友们也要玩月哩。榻下明晃晃烧着巨如儿指的蚊香,而他们的兴味依然健朗,我们其奈之何!正惟其如此,方得暂时分享西子湖的一杯羹和那不用一钱买的明月清风。

碧天银月亘古如斯;陶潜李白所曾见,想起来未必和咱们的很不同,未来的陶潜李白们如有所见,也未必会是红玛瑙的玉皇御脸,泥金的兔儿爷面孔罢。可见"月亮怎么啦!"实具颠扑不破的胜义,岂得以老妈子之言而薄之哉!

就这一端论,千万年之久,千万人之众,其同也如此其甚,再看那一端,却千变万化,永远说不清楚。非但今天的月和昨天的月,此刹那和彼刹那的月,我所见,你所见,他所见的月……迥不相同已也;即以我一人所见的月论,亦缘心像境界的细微差别而变,站着看和坐着看,坐着看和躺着看,躺着清切地看和朦胧地看,朦胧中想看和不想看的看……皆不同,皆迥然不同。且决非故意弄笔头。名理上的推论,趣味上的体会,尽可取来互证。这些差别,于日常生活间诚然微细到难于注意,然名理和趣味假使成立,它们的一只脚必站在这渺若毫茫,分析无尽的差别相上,则断断无疑。

我还是说说自己所感罢。大凡美景良辰与赏心乐事的交并(玩月便是一例),粗粗分别不外两层:起初陌生,陌生则惊喜颠倒;继而熟脱,熟脱则从容自然。不跑野马,在月言月。譬如城市的人久住鸽子笼的房屋,一旦忽置身旷野或萧闲的庭院中,乍见到眼生辉的一泓满月。其时我们替他想一想,吟之哦之，咏之玩之，手之舞之，足之蹈之，都算不得过火的胡闹。他的心境内外迥别，蓦地相逢，俨如拘挛之书生与媚荡的名姝接手，心为境撼，失其平衡，遂没落于颠倒失据，惝悦无措的状态中。《洛神赋》上说："予情悦其淑美兮，心震荡而不怡。"夫怡者悦也，上曰悦，下曰不怡，故曹子建毕竟还是曹子建。

名姝也罢，美景也罢，若朝昏厮守着，作何意态呢！这是难于解答的，似应有一种极平淡，极自然的境界。尽许有人说这是热情的衰落，退潮的状态，说亦言之成理，我不想去驳它。若以我的意想和感觉，惟平淡自然才有真切的体玩，自信也确非杜撰。不跑野马，在月言月。身处月下，身眠月下，一身之外以及一身，悉为月华所笼络包举，虽皎洁而不睹皎洁，虽光辉而无有光辉。不必我特意赏玩它，而我的眠里梦里醉时醒时，似它无所不在。我的全身心既浸没着在，故即使闭着眼或者酣睡着，而月的光气实渗过，几乎洞澈我意识的表里。它时时和我交融，它处处和我同在，这境界若用哲学上的语调说，是心境的冥合，或曰俱化。——说到此，我不禁想起陶潜的诗来："采菊东篱下，悠然见南山。山气日夕佳，飞鸟相与还。此中有真意，欲辨已忘言。"何谓忘言的真意，原是闷胡芦。无论是什么，总比我信口开河强得多，古今人之不相及如此。

"玩月便玩月，睡便睡。玩月而思睡必不见月，睡而思玩月必睡不着。"这多干脆。像我这么一忽儿起来看月,一忽儿又睡了,或者竟在月下似睡非睡的躺着,这都是傻子酸丁的行径。可惜采君于来京的途中客死于吴淞江上,我还和谁讲去!

我今日虽勉强追记出这段生涯,他已不及见了。他呢,却还留给我们零残的佳句,每当低吟默玩时,疑故人未远,尚客天涯,使我们不至感全寂的寥廓,使我们以肮脏的心枯干的境,得重看昔年自己的影子,几乎不自信的影子。我,我们不能不致甚深的哀思和感谢。

虽明明是一封无法投递的信,但我终于把它寄出去了!这虽明明是一封无法投递的信。

雪晚归船

日来北京骤冷，谈谈雪罢。怪腻人的，不知怎么总说起江南来。江南的往事可真多，短梦似的一场一场在心上跑着；日子久了，方圆的轮廓渐磨钝了，写来倒反方便些，应了岂明君的"就是要加减两笔也不要紧"这句话。我近来真懒得可以，懒得笔都拿不起，拿起来费劲，放下却很"豪燥"的。依普通说法，似应当是才尽，但我压根儿未见得有才哩。

淡淡的说，疏疏的说，不论您是否过瘾，凡懒人总该欢喜的是那一年上，你还记得否？您家湖上的新居落成未久。它正对三台山，旁见圣湖一角。曾于这楼廊上一度看雪，雪景如何的好，似在当时也未留下深沉的影像，现在追想更觉茫然。——无非是面粉盐花之流罢，即使于才媛嘴里依然是柳絮。

然而H君快意于他的新居，更喜欢同着儿女们游山玩水，于是我们遂从"杭州城内"蓠湖水而西了。于雪中，于明敞的楼头凝眸暂对，却也尽多佳处。皎洁的雪，森秀的山，并不曾辜负我们来时的一团高兴。且日常见惯的峦姿，一被积雪覆着，蓦地添出多少层叠来，宛然新生的境界，仿佛将完工的画又加上几笔皴染似的。记得那时H君就这般说。

　　静趣最难形容，回忆中的静趣每不自主的杂以凄清，更加难说了。而且您必不会忘记，我几时对着雪里的湖山，悄然神往呢。我从来不曾如此伟大过一回，真人面前不说谎。团雪为球，掷得一塌糊涂倒是真的，有同嬉的L为证。

　　以掷雪而L败，败而袜湿，等袜子烤干，天已黑下来，于是回家。如此的清游可发一笑罢？瞧瞧今古名流的游记上有这般写着的吗？没有过！——惟其如此，我才敢大大方方的写，否则马上搁笔，"您另请高明"！

　　毕竟那晚的归舟是难忘的。因天雨雪，丢却悠然的双桨，讨了一只大船。大家伙儿上船之后，它便扭扭搭搭晃荡起来。雪早已不下，尖风却澌澌的，人躲在舱里。天又黑得真快，灰白的雪容，一转眼铁灰色了，雪后的湖浪沉沉，拍船头间歇地汩然而响。旗下营的遥灯渐映眼朦胧黄了。那时中舱的板桌上初点起一支短短的白烛来。烛焰打着颤，以船儿的欹倾，更摇摇无所主，似微薄而将向尽了。我们都拥着一大堆的寒色，悄悄地趁残烛而觅归。那时似乎没有说什么话，即有三两句零星的话，谁还记得清呢。大家这般草草的回去了。

月下老人祠下

　　君忆南湖荡桨时,老人祠下共寻诗。
　　而今陌上花开日,应有将雏旧燕知。

　闲兄最怕读拙作的小引,在此于是不写。但是——在1922年11月20日上找着一段日记,"节抄无趣,剪而贴之"。

　　午偕环在素香斋吃素,湖滨闲步,西园啜茗。三四妹来,泛舟湖中,泊白云观,景物清绝。有题壁诗四章,各默记其一而归,录其较佳者:"蝴蝶交飞江上春,花开缓缓唤归人。至今越国如花女,荡桨南湖学拜神。"更泛舟西泠,走苏堤上吃橘子。

　更于抵京之后,12月11日写给环的歪诗上找着几句:

　　街头一醉,依然无那荒寒,北风㴩鬓,京洛茫茫尘土。冷壁寻诗,长堤买橘,犹记南湖荡桨侣。

够了!再讲下去岂非引子乎?然此亦一引子也,闲其谓我?何况彼其时以"读经"故而不曾去乎?(谨遵功令,采用文言,高山滚鼓,诸公谅之。)

"人生能几清游?"除却这个,陈迹的追怀久而不衰,殆有其他的缘由在。

从天之涯海之角,这样悄悄地慢慢地归来。发纽约城过蒙屈利而,绝落机山至温哥华,更犯太平洋之风涛而西,如此走了二十三天,飘飘然到了杭州城站。真不容易呀!但您猜一猜,我住了几天?不含糊,不多也不少,三天。

尖而怪的高楼,黑而忙的地道,更有什么bus,taxi等等,转瞬不见了。枯林寒叶的蒙屈利而,积雪下的落机山,温煦如新秋的温哥华,嘶着吼着的太平洋,青青拥髻的日本内海,绿阴门巷的长崎,疏灯明灭的吴淞江上,转瞬又不见了,只有一只小小的划子,在一杯水的西湖中,摆摇摇地。云呀,山呀,……凡伴着我的都是熟人哩。非但不用我张罗,并且不用我说话,甚而至于不用我去想。其滋味有如开笼的飞鸟,脱网的游鱼,仰知天地的广大,俯觉吾身之自在。月余凝想中的好梦,果真捏在手心里,反空空的不自信起来。我惟有惘惘然,"我回来了"。

冬天的游人真少,船到了漪园,依然清清冷冷的。从殿宇旁跫进去,便是老人的祠宇。前后两院落,中建小屋三楹,龛内老人披半旧红袍,丰颐微须,面浅赭色,神仪俊朗,佳塑也。前后四壁,匾额对联实之。照例,好的少。其中有一联,并无他好,好在切题,我还记得:"愿天下有情人都成了眷属,是前生注定事莫错过姻缘。"岂是老人的宣传标语耶?妙矣。

清绝的神祠,任我们四人徘徊着。曾否吃茶,曾否求签,都有点茫然。大概签是未求,因记载无考焉。茶是吃了,因凡湖上诸别墅的茶自来来得好快,快于游人的脚步。当溜烟未能之顷,而盖碗叮当,雨前龙井之流已缓缓来矣。好快的缘故,在我辈雅人是不忍言的哟。

茶已泡了,莫如老实不走,我们渐徘徊于庭院间。说是冬天,记得也有点儿苍苔滑擦。"下马先寻题壁字",我们少不得循墙而瞅,明知大概是有点"岂有此理"的,然而反正闲着,瞅瞅何妨。这一回却出"意表之外"在东墙角上见一方秀整的字迹,原来竟是诗!(题者的名姓失记。既非女史,记之何为?此亦例也。)不但是诗,而且恰好四首,我们便分头去记诵,赌赛着。结果,我反正没有输给她们就是。至于"蝴蝶"云云也者是第一章,大家都记住了。

"老人祠下共寻诗"的事实,只如上记。说到感想未必全无,而在我,我们只是泛泛的闲适而已,说得那怕再露骨点,自己觉得颇高雅而已,可没有别的了。环应当说"是的呀"。若娴珣二君复何所感,愧我脑子笨,当时未曾悬揣;此刻呢,啊呀,更加不敢武断。——这当然太顽皮了。

踯躅于荒祠下,闲闲的日子去得疾呵。我们还须重打桨北去西泠。其时日渐西颓,湖风悄然,祠下频繁的语笑,登舟后顿相看以寂寞。左眺翠紫的南屏山,其上方渲晕以浅红的光霭,知湖上名姝已回眸送客,峭厉的黄昏,主人公般快回来了。而其时我们已在苏堤上买橘子吃。

弥望皆髡秃的枯桑,苏堤似有无尽的长,我们走向那里去?还是小立于衰草摇摇的桥堍罢。恰好有卖橘子的。橘子小而酸,黄岩也罢,塘栖也罢,都好不了。但我们不买橘子更何为呢?于是遂买。买来不吃又何为呢?于是便吃。在薄晚的西北风中,吃着冷而酸的橘子,都该记得罢?诸君。

太平洋的风涛澎湃于耳边未远,而京华的尘土早浮涌于眼下来,却借半日之闲,从湖山最佳处偷得一场清睡;朦胧入梦间,陡然想起昨天匆匆的来时,迢迢的来路,更不得不想到明天将同此匆匆而迢迢的去了。这般魂惊梦怯的心情,真奈何它不得的。我惟有惘惘然,"我回来了"?

        1927年10月31日,写于北京。

坚匏别墅的碧桃与枫叶
——呈佩弦兄

是清明日罢,或者是寒食?我们曾在碧桃花下发了一回呆。

算来得巧吧而已稍迟了,十分春色,一半儿枝头,一半儿尘土;亦唯其如此,才见得春色之的确有十分,决非九分九。俯仰之间我们的神气尽被花气所夺却了。

试作纯粹的描摹,与佩相约,如是如是。——这真自讨苦吃。刻画大苦,抒写甚乐,舍乐而就苦,一不堪也。前尘前梦久而渐忘,此事在忆中尤力趋黯淡,追挽无从,更如何下笔,二不堪也。在这个年头儿,说花儿红得真好看,即使大雅明达如我们佩弦老兄之流者能辨此红非彼红,此赤非彼赤,然而究竟不妥。君不见夫光赤君之尚且急改名乎?此三不堪也。况且截搭题中之枫叶也是红得不含糊的。啊呀!完结!

山桃妖娆,杏花娇怯,海棠柔媚,樱花韶秀,千叶桃秾丽①,这些深深浅浅都是红的,千叶桃独近于绛。来时船过断桥,已见宝石山腰,万紫千红映以一绿;再近,则见云锦的花

---

① 千叶桃一名碧桃,见《群芳谱》。

萼簇拥出一座玲珑纤巧的楼阁。及循苔侵的石磴宛宛而登，露台对坐，更伫立徘徊于碧桃树下，漫天匝地，堆绮剪琼，委地盈枝，上下一赤。其时天色微阴，于乳色的面纱里饱看搽浓脂抹艳粉的春天姑娘。我们一味傻看，我们亦唯有傻看，就是顶痴的念头也觉得无从设想。

就是那年的深秋，也不知又换了一年，我们还住杭州，独到那边小楼上看一回枫叶。冷峭的西风，把透明如红宝石，三尖形的大叶子响得萧萧瑟瑟，也就是响得希里而花拉。一抹的斜日，半明半昧地躺在丹枫身上，真真寂寞杀人。我擎着茶杯，在楼窗口这边看看，那边看看，毕竟也看不出所以来，当然更加是想不出。——九秋虽是怀虑的节候，也还是不成。

那些全都是往事，"有闲"的往事，亦无聊的往事。去年重到上海，听见别墅的主人翁说，所谓碧桃丹枫之侧，久被武装的同志们所徘徊过了。于春秋佳日，剑佩铿锵得清脆可听，总不寂寞了罢。当日要想的，固然到今天想不出，因此也就恕不再去想了。

写完一看，短得好笑，短得可怜，姑且留给佩一读罢。

1928年5月27日，北京。

冬晚的别

我俩有一晌沉沉的苦梦，几回想告诉你们总怕你们不信。这个沉沉只是一味异乎寻常的沉沉，决不和所谓怅惘酸辛以及其他的，有几分类似。这是梦，在当年已觉得是不多不少的一个梦，亦非今日追寻迷离若梦之谓。沉沉有一种别解，就是莫名其妙的纳闷；所以你们读后，正正经经地纳闷起来，那是怪我写不出；若你们名其妙而不纳闷，还该怪我写不出。——除非你们有点名其妙有点儿莫名，有点儿纳闷又有点儿不，那么，我才不至于算"的确不行"。你们想，我是不是"顶子石头做戏"？

有生则不能无别，有别则不能无恨，既有别恨则不得不低眉啜泣，顿足号啕。想起来"黯然销魂者惟别而已矣"这句老话，真能摄尽南来北往无量无边的痴骏儿女的精魂，这枝五色笔总算货真价实，名下无虚，姑且不论。任我胡诌，人间苦别，括以三端：如相思万里，一去经年，此远别也；或男的要去从军，女的要去出阁，这是"幽默"，切勿"素朴"视之！此惨别也；人天缘尽，莫卜他生，此没奈何别也。我们的别偏偏都不是的。

当十一年一月（辛酉的十二月）五日，自沪返杭，六日至八日入南山小住，八日至十二日间我再去上海，而环在杭州。这可谓极小的小别，也几乎不能算是别，而我们偏要大惊小怪的，以为比上述那三种"像煞有介事"的别更厉害凶险些；并且要声明，无论你们怎样的斟情酌理，想它不通，弄它不清楚，纳闷得可观，而我们总一口咬定，事情在我们心上确是如此这般经过的了。

《雪朝》上有几首《山居杂诗》就是那时候写的："留你也匆匆去，送你也匆匆去，然则——送你罢！""把枯树林染红了，紫了，夕阳就将不见了。""都是捡木柴的，都是扫枯叶儿的，正劈栗花喇的响哩。""山中的月夜，月夜的山中，露华这般重，微微凝了，霜华也重，有犬吠声叫破那朦胧。""相凭在暗的虚廊下，渐相忘于清冷之间；忽然——三四星的灯火对山坳里亮着，且向下山的路动着，我不禁又如有所失了。"（1922，1月6日至8日，杭州山中。）

诗固然蹩脚得道地，但可以看出冬日山居的空寂和我们情怀的凄紧，至少今天我自己还明白。山居仅短短的三天，却能使我默会山林长往者的襟抱，雅人高致决非得已，吟风啸月，也无非"黄连树下弹琴"罢了。这是一面。另一面呢，空寂的美名便是清旷，于清旷的山中暂息尘劳，我上一天刚从上海来耳目所接，神气所感，都有一种骤然被放下的异感，仿佛俄而直沉下去。依一般的说法，也只好说是写意舒服之类罢。然而骨子里头，尽尽里头，确有一点点难过，这又是说不出的。若以北京语表之当曰"不是味儿"。

想想不久又将远行，以年光短促如斯，迅速如彼，更经得几度长长短短的别呢。朝朝暮暮，悄悄沉沉，对着寥落苍茫的山野和那些寒露悲风，重霜淡月，我们自不能无所感，自不能无所想，不能不和古今来的怨女痴男有点沆瀣一气。明知"雅得这样俗"，也就不必再讳言了。

自然的严峭，仿佛刃似的尖风，在我们心上纵横刻划，而人事的境界又何其温温可喜。我们正随H君同住山中，H君中年意兴之佳，对我们慈爱之厚，是值得永永忆念的。我们那时的生活，除掉别恨的纠缠，其和谐其闲适似可以终身，自然人事以两极端相映发，真使人伥伥无所适从，而"情味杂酸甜"一语何足以尽之！

一清如水的生涯最容易过，到第三天上午，Y姊妹兄弟们都从"杭州城内"来，同嬉山中。午饭初罢，我便性急慌忙的走到湖边，距山居不及半里乃有船无夫，以轿班名唤阿东者代之。（东当作董？自注。）城里新来的人都怅怅地送我们于李庄码头。转瞬之间，我们已是行客，他们为山中主人了。桨声响后，呆看送客者的影子渐没于岚姿树色之间，举手扬巾的瞧也瞧不见了。轿班去摇船，"船容与而不进兮"，毕竟也荡得渐远。他们都该回到我们昨天住过的地方去了罢？晃荡于湖心，我们也只多了片刻的相聚。

江南冬天的阴，本来阴得可怕，而那天的阴，以我们看来尤其阴得可惨——简直低压到心上来。好容易巴到了岸，坐上洋车，经过旗下营荐桥之类，其实毫无异样觉得都笼罩一种呆白的颜色，热闹只是混乱，匆忙只是潦草，平昔杭州市街对我的温感都已不见了，只一味的压迫我去上路，去赶火车，而赶不着夜班火车要误事！

　　回到城头巷，显得屋子十分大，十分黑，空空的。他们都不在家，天色也快晚了。再走进我们的卧室，连卧室的陈设，桌子椅子之流也不顾情面来逼迫我，也还是这几句老话："赶火车！赶不着，要误事！"我忙忙的拾掇这个，归折那个，什么牙刷啦，笔啦，日记本啦，皮夹子啦……都来了。好的！好的！妙的！这些全得带，不带齐，要误事！

　　环也忙忙的来帮我收拾，她其时何所感，我不知道，我也来不及去知道。我全身为没来由的凄惨所沉没，又为莫名其妙的匆忙所压迫，沉沉的天气，沉沉的房屋，沉沉的人的面目，无一不暗，无一不空，也无一不潦草枯窘。等到行李收拾完结，表上只差十来分钟就该走了，我走进靠南的套间，把秒针正在嘀嗒嘀嗒的表放在红漆的桌上，坚执环手而大落泪。也并不记说过什么话了，只记得确确实实的，天色已晚下来，夜班车已经快要开。

　　以此次的别意而言，真不像可以再相见的，然而不到一星期，也是夜班车，我平安地回了家，距美国之行还有小半年。

假使我有作自传的资格和癖好,那么这倒是顶好的话柄哩!既经不能也不想,只好拿来博同梦者的苦笑罢,反正于我是无所损。至于读者们以为"的确行""的确不行",这都是节外生枝不干我事的,虽然我也很抱歉。

1928年5月29日,北京。

打橘子

陶厂说,"越中清馋无过余者,喜啖方物",其中有一种是塘栖蜜橘(见《梦忆》卷四)。这种橘子我小时候常常吃,我的祖母她是塘栖人。橘以蜜名却不似蜜,也不因为甜如蜜一般我才喜欢它。或者在明朝,橘子确是甜得可以的,或者今日在塘栖吃"树头鲜",也甜得不含糊的,但是我都不曾尝着过。我所记得,只是那个样子的:

橘子小到和孩子的拳头仿佛,恰好握在小手里,皮极薄,色明黄,形微扁,有的偶带小蒂和一两瓣的绿叶,瓤嫩筋细,水分极多,到嘴有一种柔和清新的味儿。所不满意的还是"不甜",这或者由于我太喜欢吃甜的缘故罢。

小时候吃的蜜橘都是成篓成筐的装着,瞪眼伸嘴地白吃。比较这儿所说杭州的往事已不免有点异样,若再以今日追溯从前,真好比换过一世界了。

城头巷三号的主人朱老太爷,大概也是个喜欢吃橘子的,那边便种了七八棵十来棵的橘子树。其种类却非塘栖,乃所谓黄岩也。本来杭州市上所常见的正是"黄岩蜜橘"。但据K君说,城头巷三号的橘子一种是黄岩而其他则否,是一是二我不能省忆而辨之,还该质之朱老太爷乎?

从橘树分栽两处看来,K君的话不是全无根据的。其一在对着我们饭厅的方天井里。长方形的天井铺以石板,靠东墙橘树一行,东北两面露台绕之。树梢约齐台上的栏杆,我们于此伸开臂膊正碰着它。这天井里,也曾经打棍子,踢小皮球,竹竿拔河,追黄猫……可惜自来嬉戏总不曾留下些些的痕迹,尽管在我心头每有难言的惘惘,尽管在他们几个人的心上许有若干程度相似的怀感。后之来者只看见方方正正的石板天井而已,更何尝有什么温软的梦痕也哉!

另一处在花园亭子的尽北犄角上,太湖山石边,似不如方天井的那么多,那边有一排,这儿只几株橘子而已。地方又较偏僻,不如那边的位居冲要易动垂涎,所以著名之程度略减。可是亭子边也不是稀见我们的脚迹的,曾在其间攻关,保唐僧,打水炮,还要扔白菜皮。据说晾着预备腌的菜,有一年特别好吃,尽是白菜心,所以然者何?乃其边皮都被我们当了兵器耳。

这两处的橘子诚未必都是黄岩,在今日姑以黄岩论,我只记得黄岩而已。说得老实点,何谓黄岩也有点记它不真了,只是小橘子而已。小橘子啊,小橘子啊,再是一个小橘子啊。

黄岩橘的皮麻麻札札的蛮结实,不像塘栖的那么光溜那么松软,吃在嘴里酸浸浸更加不像蜜糖了。同住的娘姑先生们都有点果子癖,不论好歹只是吃。我却不然,虽橘子在诸果实中我最喜欢吃，也还是比他们不上，也还是不行。这也有点可气，倒不如干脆写我的"打橘子"，至于吃来啥味道，我不说！——活像我从来没吃过橘子似的。

当已凄清尚未寒冽的深秋，树头橘实渐渐黄了。这一半黄的橘子，便是在那边贴标语，"快来吃"。我们拿着细竹竿去打橘子，仰着头在绿荫里希里霍六一阵，扑秃扑秃的已有两三个下来了。红的，黄的，红黄的，青的，一半青一半黄的，大的，小的，微圆的，甚扁的，带叶儿的，带把儿的，什么不带的，一跌就破的，跌而不破的，全都有，全都有，好的时候分来吃，不好的时候抢来吃，再不然夺来吃。抢，抢自地下，夺，夺自手中，故吃橘而夺，夺斯下矣。有时自己没去打，看见别人手里忽然有了橘子，走过去不问情由地说声"我吃"！分他个半只，甚而至于几瓣也是好的，这是讨来吃。

说得起劲，早已忘了那平台了。不是说过小平台栏杆外，护以橘叶吗？然则谁要吃橘子伸手可矣，似乎当说抓橘子才对，夫何打之有？"然而不然。"无论如何，花园犄角的橘子总非一击不可。即以方天井而论，亦只紧靠栏杆的几枝可采，稍远就够不着，愈远愈够不着了。况且近栏杆的橘子总是寥落可怜，其原因不明。大概有人"近水楼台先得月"了，相传如此。

打橘有道，轻则不掉，重则要破。有时候明明打下来了，却不知落在何方，或者仍在树的枝叶间，如此之类弄得我们伸伸头猫猫腰，上边寻下边找，虽觉麻烦，亦可笑乐。若只举竿一击，便永远恰好落在手心里，岂不也有点无聊吗？

然而用竿子打，究竟太不准确。往往看去很分明的一只通红的橘子在一不高不矮的所在，但竿子打去偏偏不是，再打依然不是，橘叶倒狼藉满地必狂捣一阵而后掉下来。掉下来的又必是破破烂烂的家伙，与我们的通通红的小橘子的期待已差得太多。不知谁想的好法子，在竿梢绕一长长的铅丝圈，只要看得准，捏得稳，兜住它往下一拉，要吃那个橘子便准有那个橘子可吃，从心之所欲，按图而索骥，不至于殃及池鱼，张冠李戴了。但是拉来吃，每每会连枝带叶地下来，对于橘子树未免有点说不过去哩。

有这么多的吃法，你们不要以为那儿的橘子尽被我们几个人吃完了。鸟雀们先吃，劳工们再吃，等我们来抓来拉，已经是残羹冷炙了。所以铺张其词来耽误读者救国的工夫，自己也觉得不很讨俏，脸上无光。但是恕我更不客气地说，这儿所记的往事只为着与它有缘的人写的，并不想会有这种好运气可加入革命文学的队伍。若万一有人居然从这蹩脚的文词里猜着了梦呓的心一分二分，甚而至于还觉着"这也有点味儿"，这于我不消说是"意表之外"的收获。其在天之涯乎？其在海之角乎？咫尺之间乎？又谁能知道！

老实说，打橘子及其前后这一段短短的生涯，恰是我的青春的潮热和儿童味的错综，一面儿时的心境隐约地回旋，却又杂以无可奈何的凄清之感。惟其如此,不得不郑重丁宁地致我的敝帚千金之爱惜,即使世间回响寂寞已万分。

拉拉扯扯吃着橘子,不知不觉地过了两三个年头,我自己南北东西的跑来跑去,更觉过得好快,快得莫名。移住湖楼不多久,几年苟且安居的江浙老百姓在黄渡浏河间开始听见炮声了。城头巷三号之屋我们去后,房主人又不来,听它空关着。六一泉的几十局象棋,雷峰塔的几卷残经,不但轻轻容易地把残夏消磨个干净,即秋容也渐渐老大了。只听得杭州城内纷纷搬家到上海,天气渐冷,游人顿稀,湖山寂寂都困着觉。一天,我进城去偶过旧居,信步徘徊而入,看门的老儿,大家叫他"老太公"的,居然还认得我。正房一带都已封锁,只从花园里趸进去,亭台池馆荒落不必说,只隔得半年已经有点陌生了。还走上楼梯,转过平台,看对面的高楼偏南的上房都是我住过的,窗户紧闭着。眼下觉得怪熟的,满树离离的红橘子。

再打它一两个罢!但是竹竿呢,铅丝呢?况且方天井虽近在眼底,但通那边的门儿深锁,橘子即打下也没处去找。我踌躇四顾,除了跟着来的老迈龙钟的老太公,便是我自己的影子,觉得一无可说的。歇了一歇,走近栏杆,勉强够着了一只橘子,捏在手中低头一看,红圆可爱,还带着小小的翠叶短短的把。我揣着它,照样慢慢的踱出来,回到俞楼,好好的摆在书桌上。

原来满抵椿带回来给大家看，给大家讲的，可是H君其时已病了，他始终没有看见这一只橘子。匆忙凄苦之间，更有谁来慢慢的听我那《寻梦》的曲儿呢。该橘子久查无下落，大概是被我一人吃了，也只当是丢了吧。城头巷三号之屋我从此也没有再去过了。

到北京又是四年，江南的丹橘应该长得更大了。打橘子的人当然也是一样，各人奔着各人的道儿，都忙忙碌碌地赶着中年的生活去，不知道还想得起这回事吗？如果真想得起，又想出些什么来呢？若说我自己，于几天懒睡之后，总算写了这一篇，自己看看实在也看不出所以然来，也只好就这样麻麻胡胡的交了卷。

1928年7月13日，北京。

第二辑

思与社会

我们认为一个人对于自己的生命与生活,应该可以有一种态度,一种不必客气的态度。

古槐梦遇

梦醒之间,偶有所遇,遇则记之,初不辨醒耶梦耶,异日追寻,恐自己且茫茫然也,留作灯谜看耳。古槐者不必其地也,姑曰古槐耳。

一

革命党日少,侦缉队日多,后来所有的革命党都变为侦缉队了。可是革命党的文件呢,队中人语,"于我们大有用处"。

1931年9月28日

二

"宗教何在?""暗室中的灯,黑夜里的闪电。""灯不会得灭吗?""但宇宙之间,光不灭。"

三

每恨不得一张纸一支笔,一只醒时的手,把所见照抄,若有如此文抄一部,苦茶庵的老和尚庶几曰"善哉",而莫须有先生或者不则声。

四

如夜来即有一文,美如秋花,只我读之,剩一小节未毕,而渐渐化为野草了。说起事情来,好像说——真真只是好像——女人们都爱着一个男子汉,而他是女性化的。以世法言,非缀玉轩玉霜簃中人物欤,——但非世法也。

五

古槐梦中吟却不省什么,及猛省为诗,为律诗,以前的忘了,正吟到"八百男儿竟何益,三千童竖亦英雄",也不知是三四,也不知是五六。

六

可以婆婆妈妈,不可以婆婆妈妈气。

七

曹子桓对他的弟弟说:"贵为天子,富有四海,那里还有余地呢。"子建恭默。有一天又说:"我们从前学的,做皇帝以后好像没有什么用处了。"子建回答:"阿哥客气。"(此节可入《世说》)

八

我的游仙梦,《江南春》是粉本,即宫阙郁嵯峨的影子,也不是北京,是小时候在我房里挂在板壁上的一张五彩的香烟月份牌。

九

"……一盏又清茶,谈论几番今古。今古,今古,怎再推辞休可。"——自昔岁记梦之后,梦醒之事亦与梦为缘,乃纠纷不可理。昨作一词,自谓《临江仙》,上片已得,以下则调不摄意,意不足调,辗转久之,渐悟为梦,知其将失也,呼笔记之,上片未毕而梦断。倚枕惘然,大有手中被夺去一物之恨。幸存者上片之下半耳。左右这么一看,何《临江仙》之有哉,直《如梦令》耳。此固不恶,又何必《临江仙》哉。譬如再有起首两句,那就完全一首《如梦令》了。今既不能,又何必《如梦令》哉。况梦里填词,醒后初不存此想,古与可押,乡音也,梦中恕不作国语矣。题目更不会有,若有,亦唯某君知之耳。

十

"抽刀断水水更流",章句是文章的一厄。

十一

这儿又有一段文字了,大概如下:

> 天下最难懂的莫如文章(觉得好笑),文章最难懂的莫如梦里,梦里文章最难懂的莫如差不多一年一度在中央公园会上写的——那时环在旁说:"这哪能定呢。"于是补了一句——而此团体的本身,也如王季重所谓"海雨在四五月间,如妇人之怒易构而难解"也。……

引王文,引号中文字原缺,梦里却知道出处,以为可以查的。现在如约补上。此文记忆较真,虽亦难免修饰。

究竟是些什么？颇难以回答。姑且把主要的抓一下看。我在提议作某一种游戏，同时又是严重的事。环等则曰否。当时只有一浑然之感，没有什么可说的。老在干些什么罢，如睡老是睡，如跑老是跑，长只是长，却并非永久如天长地久之长。老是干些什么，不会得倦么？是的，有趣在此。他们反对亦在此也。在这境界中停留了一会，我也觉得疲倦的不大妙，想去掉它，单留下这很长很长的，想不出办法来，彷徨。我说须布置许多软榻，其他称是，室内电彩变幻，不明昼夜，倦来偃卧，饭来张口。长则长矣，然此常人可能的生涯也，非原意。原意是无间歇的老在干一些什么。以后息者为胜亦好，然而还是要疲乏的，疲乏遭人反对。

梦彷徨着，有一念袭来，如何联络不知道。（这儿先后全不可靠）许多人合做一小说，不完的，是不要完，所以不会完。是这样子做，我任一至二十，你任至四十，他就任至六十，有了五个人，一做就是一百回，如此一百回，一百回，一百回……的干下去。无结构，无关合，不论多多少少的人都是同时并进，都在老做下去。这比较像一点，可以说明所感，虽然也还不是。

觉得先写了一小张搁在几上，后来写了又写，有"咫尺天涯，天涯咫尺"八个字，却不记得上下文，没法安插它。最后就写到上节的文字，大概预备作一长篇的，这是一个引子，太分明了，于是遂断。

最是作小说的办法使我心折。这些意见,醒时未必全无,但想到那么透彻,我敢赌咒说"不"。长夜之嬉何必不佳,只是颓唐耳。追省儿时,是又不然,其不看日月,不知春秋,出之自然,而非强勉。即如过年罢,从理书到烧灯,不过二十来天,却好像过不完的。若今日之下算得什么,三个礼拜罢了。就算三百六十五天净在过年,这也不过五十二个礼拜的"年"罢了。打牌四圈只是四圈,八圈是它的一倍。饮酒三杯只是三杯,九杯者三个三杯也。曲子开场照例是散板,到唱过一半,不是快完了吗,反而勾拍急促起来,说不定闹个锣鼓喧天烟尘扫地哩。下山的路是快的,无怪梦也这么颓唐了。

十二

小屋之外,悉萝薜苔藓之属,无非碧也。更草树埋之,亦碧。屋内正中一小灯映之。碧巷之中偶闻人语。此翡翠之国,而我居之,醒来欢喜。在古槐作,日子失记。

十三

环在一个地方,使我去,下了楼还须上楼。下楼便直跌下去,虽非故意,而跌亦无伤。上楼起初还是走着的,后来不客气地爬着。心中颇怪妻之多事也。

十四　学教师颂残文

学问到了一种境界,即自成一物,不复为人生所凝和,从一方面说,乃进步的必然,另一面呢,也未必不是一种……罢。

十五　游十殿小记之一

第一殿,诸王之领袖,位分尊肃。王最慈祥,又最马虎。判官一口上海白,小胡子,曹司各员或朴实如乡下老,或轻佻如开口跳。办事不用公案,都排排坐,也有站着的,好像要照相。王及判官坐极左端,余者递右。殿上洞然,看不见什么刑具,有两个牛头马面缩在壁角落里,几乎不大看得见,大概也总在睡了。

总之不过如此而已,他这么这么,我就这么这么好了。斯真不愧为十殿之尊也。仿佛有谁告诉我,这儿不但公事马虎而已,有时还顺便给人家劝架。"她人在这儿。"于是走出一个老妈子式的原告来,被告本以另一案解往这儿来,她乃邀而击之。案情也有点恍惚了,大概他在调戏她的眷属,同时又公然说出非调戏不可的理由。"恁说可气不可气?"后来居然和解成立。这么看来非但阎王是了不得,即小鬼这一口上海白,说的实在不错也。

十六

忍耐着罢。假如你的名字的纸灰,一旦竟也被旋风刮到半天云里去,那你岂不更加寂寞杀了。

十七

婆子被一恶物袭击,啼哭,求救于某。时某也,正穿着碧色军服,手插在裤袋内,来回走着,悠然地衔着烟卷。他不愿意被要求去攻击那恶物,但是没有拒绝的理由。勉强在一大铁匣一端之中心,点一个火,那里边便激烈地震荡起来了,竭数人之力持之。他悠然,而猛兽已受了伤。第二步是随意放一枪,不知又点了一个火没有,就此了却该物,虽然也没看见婆子的千恩万谢。

正吃着饭,有物拱门,嘎嘎作响,报冤来也。猎者瞿然起。来者乃比较幼小之物,当不得一击的。既有了力气无处用,只好客客气气与它问讯。"我的大哥被你杀了,就算天数吧,二哥今天又死了,知道吗?你杀它做什么?它碍着你?你做这件事凭了谁的名字呢?此刻就杀我最好,否则请你告诉你的儿子,他长大了,我等他。"绵里针似的话,竟把我们的英雄窘透了。他面前明明只有两条路,其一是再屠杀,又其一是用了儿子的血,长大了的儿子的血来还债。前者显然是不可能,那么,他以后的年光都将在忍耐痛伤里度过,婴婗的生命将在"暂借"的条件下长大。而且,他必须好好地保育他那千金之子,供异日猛兽爪牙一刹那的撕裂。无端的义侠付出这么多的代价,似乎觉得不大值得的,他却始终承认了,这是唯一的路。

经过相当絮叨的讽刺,临去又叮咛嘱咐:"他如有宗教的,于未来之顷,请你把最后的忏悔机会给了他。"这沉重的Fare Well像一只大铁钉打进心坎里去。

我不能重集那时英雄的Pose了。

〔附记〕这故事头尾原缺,恰好后来又成一短梦,正是它的结局。儿子照他父亲的式子,在铁匣里点了一个火,"外甥提了灯笼",那"拜赐"的猛兽又很容易地受了打击。不过在点第二个火以前,天降一阵大雨,把它放走了。以外的事情我一点不知道,有如天公是否在作美,空气是否和缓下来之类。

十八

续《论语·泰伯》,"直而无礼则绞",下曰,"谦而无礼则糟"。注,自菲薄故,殆蛇足也。

1933年3月

十九

站起来是做人的时候,趴下去是做狗的时候,躺着是做诗的时候。

二十

《牡丹亭》是《诗经》的注脚。《道德》五千言至今不曾有此际遇。诀的传不传是一原因,虽然才不才也同样是真的。我一非老友,二非小徒,何得喝声道"　",蒙茶骗饭。这字不便移在纸上。阙疑则人已俱知,且属得体也。

二十一

春分大雪后,寒严,终夜昏沉,窝中瑟缩,忽耳旁有轹釜声,怪之,醒而闻啼鸟。寒冷遮不住春的路。

二十二

早知道我的书很少有人来买的,不瞒老板说,要买我书的人,都被我转送了他一本之故。按书店出书必见惠二十册,他以后恕不送,我也难得再去买。

二十三

有一联不知贺谁新婚,其词曰,"此冀北生徒中之知礼者,有江南儿女喜曷称诗乎"。一本"者"作"者也","乎"作"云乎"。苦雨斋本"知"作"守"。

二十四

老屋三更夜寂寥,大风作怒振林梢,古槐之声嘎嘎叫,夺门击锁而奔逃。室内一灯留耿照,其隅出婢列儿曹,三三两两十二巧。人事纷纷真可笑,翻愁门破不坚牢,未必梦中之胡闹。隔壁人家鸡长号,故纸青青窗欲晓。

二十五

废瓦残碑,许是将来垫床脚的罢。

二十六

梦雅则喜,梦俗则怒,非喜怒其梦,喜怒其缘耳。

二十七

写"醉生梦死"四字,立刻将三字圈之,留一"生"字,其在上画一"×",亦圈去,一起擦之。此在黑板上。

二十八

春夏之交,黄流贯平原而下。小帆为风偃,满船皆水,而舟中人自若,其中之一犹高卧也。值巨舟过而浪愈恶,此高卧之子实已邻危境,乃于恰好的时候,转舵悠然而远。前边是春水绿波,泊舟桥下,出山才一饷时耳。桥虹铁制,以名询舟子,曰"望思"。余曰,非欤,"望恩"耳。终不决,登桥察所镌,则"望是桥"三字。更询舟子以浊水之名,曰□流水。□字忘却,似东流水也。殆天之所以分南北欤。醒后不免时时作莺花想。

二十九

斗室洞然,几榻而已。室门西式,下键。外有螺旋转梯,此室适当其转角处。严静中忽有自梯下者,其步声厉且疾。谁?谁!呵问之不应。及门,顿止,惟见门之把手旋转至急,一转瞬,键坏门破。……

三十

以醒为梦,梦将不醒;以梦为醒,梦亦不醒。

三十一

荒于嬉,中夜犹不寝,自忧失眠,醒乃喜之,喜得不眠之眠也。

三十二　枕上口占

三更三点草头露,梦里平安也墓田。江上烟花依旧好,夜堂无月泣娟娟。净名方丈排金甲,十本连台京戏传。如此往来容易煞,炊粱多费劈柴钱。

三十三　鬼国记

身入鬼国乘双马之车疾行,自得也。忽被妻夺去吾一马,以疾其车,而我行迟。遂舍此单马伶仃之车,更雇一新汽车,先伊到达,心中殊喜。卧一室待之,灯荧然,彼中盖日无不夜,夜无不灯者。所谓新汽车也者,乃阳人以纸糊好。又放把火烧却之物耳,夫安得不新,安得不新且多。所以我说要辆新的，那新的即呜呜而来。

君欲知鬼国之生涯乎？缩时而益空，一言以蔽之。如上课一小时，讲授甫半而学生纷纷散堂，如水赴壑，愕然询之，皆对曰时至矣。然亦不见其钟鸣漏尽也。鬼国故无响器，有之亦不鸣，鸣之亦不响。惟二日可抵一日耳。又如拍曲，从阳间携来之遏云阁谱格式犹是也，而忽大出约三分之一，斯非空间伸长之验欤？俑高才及尺，而可充健仆，供使令，愉快。冥器店中之汽车，仆生时高五尺，今侧身其中尚绰乎有余。其他皆同，不及枚举。

饭时，殽核丰腆，堆盘盈几，惟中多杂烩，鱼虾之属，同席者都盛夸其新鲜，殷勤劝侑，而"敝人"尝之殊谬。何故？纵阳世家家重祭，必得新鲜之鱼虾而烹之，烹而即供之，乃黄泉路远，及我辈闲汉分其残余，其为新鲜固亦微矣，况人世安得如此伙颐之孝子慈孙，个个皆馨香其俎豆乎？以不很新鲜为很新鲜，言之殊甘，口中大苦，夜台风味，良复可怜。做鬼虽佳，亦终不如暂时不做，固人情，亦事实也。

三十四

某日，大理寺发下犯官二口，捆作猪羊，盛以朱红漆桶，縢以雪白的麻绳。

三十五

削发为僧,而待诏仍为留顶发一搭,顾颜如小儿。正叹惋间,闻知堂翁谓曰,剃了罢。风度初不减五台山中老师父也。

三十六　短剧

一人来访,谈言款洽,良久始曰:"我想请赵先生作画。""但我和赵先生不很熟。""吁——我是说请先生作画。""你方才不是说要请赵先生吗?""我以为先生姓赵呢。""我不姓赵。"默然久之。"那么,是张?""王?""李?"客三问,主人之首三摇。客大窘作欲溜状。主人曰:"慢着!你知道我姓什么?""我倒不知道。""那我也不知道。"——幕

三十七　断句

草迎三月绿,山语六朝青。

三十八　四季歌

芳春南国应非远,秋到关河驴马多。寒夜虽长宜早睡,枯

桑还许有风波。炉烟数九思三伏，忘了梅天不好过，挥汗咬冰真吃力，残年干烤未蹉跎。三升米少梁成粥，一枕甜余发已婆。偷净邻鸡天不管，开年同耍鲁家戈。

三十九

肉摊上买肉，人曰"牛肉"，我曰"橐驼之肉耳"。被人呵斥："你知道啥！"

四十

黑夜行舟，灯火迷离，已失了足，遂不知此身在舟中，还是上了岸，于万无可证明中，忽得一证曰，在床上。

四十一　游玄妙观

友人避文字之狱，送之于内河小轮。一舱局促间，有不相识者呼余为伊自网篮中取水烟袋，从之，而彼意不惬，严词吹求，又勉从之。其人凡猥，不似胸怀阴符者，从之奈何？盖心不忘乎圯桥之事，此读书之过也。周章之顷，船开矣，此虽民船而汽舟拖之，汽舟者摩托也。狂窘号呼，幸得暂泊，一跃急登。南方卑湿，处处野水平川，环舟步皆行潦也，足不得下，目亦不辨东西，家何在，途几许。短屋中女子见，告余曰，"一直往南"，言罢即隐。余谨遵其教，遂脱沮洳，脚踏实地。行行止止，不敢转向，先颇荒秽，堆积空马桶甚多，渐见长廊一线（以廊为街髫年于塘栖镇见之），门户斜通，穿之又是长廊，翩翩连连，渺无止讫，空虚悄冷；吊影惊魂，如是者不知历几许年光，忽而仰首，胸臆欣悚，弥陀宝阁缥缈出云端，金轮结顶，作作有辉，界画栏杆纤明如织。窬一短垣，遂见仙宫巨丽，神塑庄严，五色并驰白日之下。广场数十亩，哼哈二大将威灵显赫，矗然对峙，峻极于天，伸足凸胸，意气火炽，行人磨蚁争出其趾下。方知玄妙观有如此妙境，又必如是观而始妙，儿时牵乳娘衣，出察院场，由南往北，入三清大殿，于他人腰背间，不知得见年画几张，所谓矮子观场，难知沧海耳。后之游苏州者曷一游玄妙观乎？若归来见责："你何不早说！"则谨对曰，老僧无罪，圣叹之过也。

四十二

环见王君示以诗令记诵之，押七阳韵，句不可忆，述其意于予，为补一诗："稳护娇羞色，光笼罨画堂。天中移一发，殿角倾微阳。"

四十三

以淡墨皴出轮廓,徐徐填之,凡笔也。好文章开首,才浓墨数点耳。

四十四

未有金圣叹,人不知有《西厢记》;有了"圣叹《西厢》",人但知有金圣叹,不知《西厢》如故也。实并不知有金圣叹也。或问,如何而两知之?则曰读耳。读矣,犹不知,则又如何?则曰再读耳。再三读终不知,始告以于《荀子·劝学篇》中求之。再问是那一句?则曰:"与你说不得,你只是不知道中间的一个。"

四十五

今年奉中央明令,不禁爆竹,以神马黄钱祀于门,大燃其双响。警士灼灼旁睨之,如木鸡。

四十六

肩舆出自城隍庙,欲回顾像设,而颈忽木强,惟见殿宇重委，香火迷烟，角楼高耸切云。吴下阿蒙颇自喜焉。

四十七

偶像排衙强半狰狞，皆金涂为饰。岳氏一门中唯二人玄服简素，即岳王夫妇也。坐像，在龛外，虽青衣待罪而神采朗然。又一偶像不知何神，高尺许，衣棕制，白面方颐，在第几重殿檐前，偕妻观之。醒而问予曰："何不多记下一些？"曰："反正记不住，记它作啥。"遂醒。

四十八

觉得有写出一大部绝丽的文章的把握，至少有如《红楼梦》，但是没有写。

四十九

山路逶迤，坡陀起伏，悉砌以酱紫色磁砖，花缘黄碧。胶皮航之，滋味滑甚。

五十

把一切人皆改称为子,如郑先生某为郑子某。今人无论矣,古人犹追而改之,如周武王,王也,似乎可以不必改罢,然而据说明书上说,也必须要改的,"周武子"。谁让他追王太王王季文王呢,这是活该。惟在引号中者不动,甚矣引力之大也号。

五十一

"如打听,决为了相思成病","问双星朝朝暮暮争似我和卿"。夫以天孙之亲之尊,宁甘作太常妻哉,此大谬也。谨按"山中方七日,世上已千年",推步天历,其疾较有如此者。一岁能几何?屈指星期,六秒余便须春风一度矣,则夫妇好合之勤之笃宜无如牛女者,顾以朝暮夸之,不怕仙人齿冷乎?"恐是仙家好别离",亦谬。(某君驳曰,牛女之感觉,亦当以天历论。)

五十二

将一个高个儿穿洋服的胖子塞进某医生之门,而门甚窄,两只脚先进去了,身子怎么样也不成,更用力塞之,旋转之,肉擦门框有声，胖子大呼痛，乃止。立门外，直躬且与屋遇，不得不伛偻而俯语医生，其声若张飞。那时"敝人"正如洛阳女儿对门居，闻尚须下顾，以涉及女人必须附耳密谈。附耳而作雷鸣，实在有点受不了，不如醒了罢。

五十三　连珠体

我闻有梦，不敢以告人，故三年之功毁于一旦。

五十四

"名"让阎王说溜了嘴，那太不妥当，此守成帝王之名，必选怪僻之字也。若曰，异日避讳不也方便么，此大不然。千秋万岁，奈何预作朝露想？世间又岂有改老爷的名字以方便彼该办阶级之理乎？"来将通名"，亦属阴险，虽未必准有妖法。

五十五

行山中，拐角每见一石，必贴一封条，不胜其烦，况且路远。阿弥陀佛，不知谁说的，"不用贴了罢"！我行轻速。早知灯是火，饭熟已多时，盖深喜之也。

五十六

长巷逶迤,见家家户户玉雪成堆,唯以一墙之隔,只见花头耳。心悦今年春好,行吟得二句,醒渐忘却,补为一章:"岁岁桃溪雪,家家梨雨寒,粉墙擎玉盖,步步仰头看。"

五十七

"学而优则仕",以用为用也;"无之以为用",无用之用也。以用为用,固不若以无用为用矣。——虽然,尘世间又岂可没有和尚耶?少林寺遂以拳勇名天下。

五十八

神剑在儿手,且不知其为剑,乌睹其为神哉,此妈妈削梨之刀耳。一日,大晦冥,万云腾涌,龙斗于天,黑者雨而白者为风,儿不知也。一剑飞空则双龙皆斩,巨首雹陨,支体蔽江,赤及海。龙王媚儿复神儿,以爱女妻之,住水晶宫。

五十九 发自由颂

白发盈头,抚之雪落,张之至。(原本如此,或上补一字,妄作也。)同时又接奉一半官式之调查,条分缕举,细大不捐,如你对于白发作何感想?秃顶又如何?此内及于寸心也。你一家人个个都是白头翁吗?此远及于遗传也。曾染发乎?此阴险之暗示也。你有保存弃发的习惯吗?剪下来的辫子那里去了?麻烦极矣,则礼部之文件也。表格如山,填之不已,亦填不出,转瞬间,发早落到四分之三了,这方才是慌张之至,妻急以布缠吾头,庶几不为牛山而免于难。俄而觉,抚光头而笑,喜今三民盛世,于头颅犹宽耳,岂不堪愧杀满洲耶?作《发自由颂》。

六十

狂欢季节之前夕,在母室中翻检导游之书,妙哉,奇奇怪怪,何所不有,既非山水丝竹,亦非饮食男女,总该不是狂嫖滥赌罢,殆灵魂之冒险也。书不止一本,其种类弥繁,拣选评量,几费斟酌。书本搁下了一会,忽闻母言,"明朝随便逛逛罢",言外大有纵只看赤膊汉耍一套五虎棍也不算不够之意,则大窘呼书,不得,记也记不得,说更说不得,敲头霎眼也没得。明天真要去逛庙,逛市场吗?好不急杀人也!此副司令之所以登台而着急也。

六十一

假如有一班学生,全体一致反对那教员,那教员还想用戒方去打其中任何一个学生的手心,你道准是不成罢,但我猜是准成。有戒方是一,每次只打一个是二。

六十二

一人讲演作外国语,一人翻之。先发空论一段,翻讫。继而抱歉一番,其词甚疾,颇不了了,大意谓车子出了毛病致延时刻,对不起,又约略翻讫。实则被车子所误之时刻尚不及被空话歉词所耗之半。彼拭汗,已颓然就藤椅而坐矣。俄而瞿然起,四顾张皇,摸索皮包以至裤袋。"题目?问题?""什么?我不知道。""你不要赖,你是看过的,你还查字典呢。""但是我不记得了。""怎么我也记不得?""你自己做的也会忘么?笑话,笑话!""天啊!我的讲义不见了啊!""抄的罢?""胡说!你偷我的讲义。"拳打脚踢。观者以为讲演完毕,还有国术表演哩,又看了半天,方一哄而散。

六十三　论语体

樊迟问男,子曰,后之。问女,子曰,先之。樊迟未达,子曰，举心错诸物，能使物成心。樊迟出。——古槐居士曰，男人在世界上，但世界上有了女子，故男先而女后也。

六十四

人前翁妪凭肩意，为道生分不自然。才出中庭无百步，空堂有客阻西园。聚散非两地，思量各一天，幻为镜里花，散为云与烟，空有鸾笺，细读无缘，凭仗桃根，说与凄凉此年。

六十五

人有了够多的磁性，不知对于铁有啥感觉？他会整天穿着铁青色的衣服么？

六十六

入梦的意念及其联合均不完全。如把一杯茶置肚腹上，不冷亦不热。用手一拂肚皮，而杯故自若，并似无杯然，其记忆力固亦薄弱也。以形体喻之，现实是立体，而梦是平面。故人谓梦境复杂，而我曰否。惟其简单也，故无冲突相；无冲突则并存；一切并存，则非复而似甚复。

六十七

某君某女会谈于西餐室中,某君曰:"人生乐事,殆莫如学会洋派,回国的途中也。"某女士以吴侬软语答曰:"真真一点点也勿差。"予在旁立即为绘一图表之。

……→—←

二人者,乃亲额示爱,伸出手想要拉,又缩了回去,想对一鞠躬而别。余亦出,与吹笛者陈公迎面相值,诧曰:"君亦来此欤?"陈夷然:"我吃过两碗饭了。"

六十八

未记梦时,梦都是丢却的,记梦以后有些是剪断的,以此为例。——书一册,似《礼记》,背置桌上,一张一张倒翻上去。一篇之末节有一句是白话,异之,彼《礼记》也,奈何有白话?这一句白话原文,当时最为明清,以被后梦所掩,致醒来不可忆。本节大意则曰女子做爱以后,其心境上须有铃幡护耳。(此系醒后补写,不涉原文。)再翻过一页是讲黑珠的,言其贵重逾金刚石。其可宝之道有五焉:光辉旁达,一也,不守即失之,二也(原文述此点极冗长),……海门已塞,珠不复出,四也,珠固正黑,而黑珠之表面多半有五彩之条纹,是谓"臻五",五也。汝苟以之赠我,则使汝为皇帝,我为妃子，亦无不可。读至此，心怪记人何失态乃尔，省为梦，而双眸欲活，急再翻过一页，见其篇题为求斯□斯第二十九。

六十九

一部书在预约中，价八元，我去定了一部；后来书出版了，售价却是七元，我又去买了一部。人问："何故？"答曰："好比它原来定价十五元不折不扣。"

七十

梦中记梦不得，即作Sketch，告母曰此良法也，然而不尽然，以将并此Sketch而失之也。

七十一

灵魂的冒险是做诗，加身体的冒险那是做爱，妙手偶得之。

七十二

人在错觉中展开伊自己。有如知己之欣，人琴之戚，自是人世的华鬘，然而尚不免把自身当作待人哄骗的乖囡，而把其他错觉地看作可歪曲理会的，伊自己的一部分。如此说，"忍过"是良难，而难"忍过"的无逾寂寞。不知而不愠，圣人犹为之三叹。最后的一颗牙似乎也要活动了，真所谓"赏遍了十二亭台是惘然"也。

七十三

语知堂翁，颇觉近人了解圣叹之浅。若不出一金圣叹，恐鄙人至今尚不知尘世间有《水浒》，因此颇想买一部坊本"五才子"藏之为念。又曰，"中郎虽佳，讵过孔子"，这八个字是要写的。

七十四

世尊徐行（应该是阿弥，却像释迦。），观世音前导，观音颜如好女，世尊朴如乡人。抵一地，则中坐，亦无人天护从，一观音，一金刚，左右侍耳。说法偶及总持，世尊辄耳语观世音，观世音又耳语上座，以次传递，呢呢如儿女子，始悟西来大法原非文字的，而平昔不解经典亦得此而解。皆离座，下一山，壁立，青绿满绣之，余能以踵擦崖壁直下，仍不免恃如来之威神力也。既达半山，瞥然不见，真异人也。——亦不尽然，我亲眼看见他在危岩断处一跫而去，恐怕亦只是山中路熟耳。其时果然已追不着，也不曾想去追，以颇觉其平凡，无甚兴味也。独抵灵隐后门，叫开前门，雇车返寓。尚有他曲折，不复省忆。

七十五

住北京近二十年，听人家在说北平好，自愧勿知，无已，曰路耳。路长得好，不平得也好（臭油路多没意思），例如自舍中去西直门辄一小时，半是人力车拖得慢之功，一半是路实在远得可以。在这么长而不平的路上老是走，使人无奈得只好忍耐。胡同半芜，马路尽悲，其长与不平又相若。以外没有什么了，除非天清。方春多尘沙，而今年夏秋北京又多雨，据说把老家里的黄梅天整个搬了过来。照这样说，归而包锥只有一种好处。可不是吗？雨天的北京街道，那才真真叫做糟糕呢，怎想，叫我如何不忍耐。（此句套某博士，自注。）

七十六

下山时，隔海连山隐隐，翠明眉睫。天阴如乳，裹一穹隆日光，一奇峰白而微黔，背层峦兀立其中央，指天悄焉。语人曰，苟风辄引去，便是蓬山矣。左顾，城阙缘山为出没，女墙畔倚一窣堵波，如海子白塔。又语人曰，可惜，盖忆曾身到其间耳。翘首云外高寒，一境浮动，才大如粉浣。其人指点语我曰，极是胜地，可揽海山之全者，而凌虚疾堕如故也，犹不止，心窃惑之。后见一Lift始释然曰，早知当有此耳。一灯照见斗室洞然，"自己来开么"？其时又有点儿窘。伊捩机而疾答曰，然，遂升。

七十七

耐得寂寞为学道之始基，（读如为学日益，为道日损。）然及共稍进，亦有不甚寂寞处。"遥遥沮溺心，千载乃相关"，斯又何待耦耕耶。

七十八

见一影影绰绰的人躲在椅背后，再一找，踪迹不见，此《三侠五义》文也，似乎无甚可骇，然竟大骇而醒。不解其故，徐思而得之，盖已认彼为静物矣。在某地者当长在焉，今不但只见其人，不见其出，且觅之不得，奈何其不骇？将白昼人物铦刻之界出以迷离，梦虽怕而赠我已多，记之。

七十九

为待客,购得二鸡雏,其一杀之矣,而客未来也,其一尚縶之后院。一日偶见之,殊瘦而绳系援焉,语人曰,此吾家鹦鹉也。又一日,客将诚来,宰此雏矣,而车夫以为太瘦,竟脱其缚。既,客携群儿来,频投以米,一啄一粒无不中者,而鸡于是乎大乐,小儿亦乐,自得也而瘦如故,啄且行而足不出后院之户。"一来就拴着,他只知道有这儿,不往那儿走。"妻说。"这是大门不出,二门不迈的小姐。""连个鸡窠也没有,总有一天让黄鼠狼叼去。"说过大家丢开,又十余日。昨儿个半夜里,嘎嘎几声甚响,即寂然,一室三人皆惊,知黄狼之难作矣。然其遭难也至疾,而人之醒梦也稍迟,迟速故不相及,侧耳再听,长寂然矣。晨起,鸡毛遍地,妻埋怨着说:"这是厨房门不关严的原故。"而小子偏道:"鸡是睡着了,醒的时候他会飞。"隔了一两天忽又说,"娘!娘!那鸡真灵,我到后院去,他看见我来,他就站在台阶上。"妻忍着笑:"难道他站在台阶上接你哪?""是得,是得,可不是么!"此非梦,而曾断梦,此非遇,偶然而已,其地则秋荔亭,非古槐也。

八十

史地我不懂得,也知道重要,老想把许多史地的书先是一本归一本拆开来。洗牌般搅匀了,重新装订好,然后一本一本的读下去。再把他们一起拆开,搅匀,重装,读之如前。这是多么有意思的事情,可惜我不研究史地。不知者将必以为幽默,由他,由他。

八十一

去日之我可忆,然而已去矣,来日之我可思,然而未来也。未去之前已来之后,似有一点曰我,然而毕竟也是没有的,至多一种姿态而已,抓而已。故曰,一点本无也。来者去者,既两下无凭矣,非去非来,其中更那得有凭,故曰:"人间事事不堪凭,但除却无凭两字。"颇想借花献佛而又不敢,还是我不注他,他来注我罢。

八十二

儿时闻乳母说,"不要把手放在心口,要做怕梦的"。有时困不着,就想试一试看,怕不怕且由他,做个梦再说,然而无效。最早的怕梦至今记得的有两个,其时是否把小手放在心口，却无可考。且乳母之死久矣。一个遍身白毛的小孩坐在小皮鼓凳上，两手急急拍一空心的藤榻，此其一。又见凶狞妇人，散发扎一把根，嘴里叼着一根油头绳，从里间房跑出来，地板上突突有声。正确的年时自然失记，却略可推算。此凶妇人即吾弟乳母之影子也，她有点儿凶恶相。庆弟生癸卯，殇于丙午，当我四岁至七岁之间，而第一梦之更在其前，自己觉得也毫无问题。此为最早的怕梦，或者竟是平生最早的梦。梦而勿怕今日其可忆乎？

八十三

"道也者不可须臾离也，可离非道也。""道不远人，人之为道而远人，不可以为道。"叮咛言之矣。谨按，道者若人所共由之道路然，衣食为先，中庸为后，故曰："人生归有道，衣食固其端。"彼《七月》之诗岂陈王业之艰难而非哀人生之长勤乎？不知何年读"道"为道士之道，而载道与言志之文始分为二。

八十四

"泣血稽颡"自来不得其解。唯乡愚当其骨肉垂危时，香烛供佛，首抢地，腾腾突突，若将碎其脑壳，苟佛终无言而脑壳犹在，则心若不甘，始悟佛之度世另有一工，与吾人之"从井""援手"不同。否则诸佛菩萨，名号若恒河沙，何以独令人念阿弥陀耶？岂诸佛菩萨俱袖手而观，坐视不救欤？佛固无灵者，以灵否测佛浅深，乡愚陋也；以之谤佛，其陋将尤甚于乡愚矣。

八十五

曾闻和尚伸眼看女人，女人打他一下。和尚闭眼，女人又打一下。"小僧何罪？"女曰："你想得我好！"然则见固是见，不见亦是见也。亦有见而不见，不见而见者，梦中见之。黑板上字迹两行。以观之不足而开眼，开眼固未有黑板也。眼皮一合顷，字迹复分明矣。挨女人这两巴掌，须菩提于意云何？

八十六

客散，争于瓶中折花插襟上，出门去。时正夜午，驰道灰白，坦卧暗中。有前，路亡而求诸存也。无前，路亡而求诸冥冥也。皆不顾，疾驰而去。已远，有声不闻，近者，若睹其影，玄君与焉，似言往公园。予略后，慌慌速速，不知有车可雇否，以为熟路，存想便是，纵无车，犹可待他人之到也。

八十七

知难。吾生也有涯,而知也无涯,故知难也。然而不如辨伪知之难。知之为知之,不知为不知,是知也,知不难矣。不知为知之,是不知也,知于是始难。伪者何?疑似之间,甚似而非也。然而犹不如辨伪知之方来者之难。夫物之成者,其去者也,多而勿多,辨之可,不辨亦可,辨得出是谓"所作已辨",辨不出只好算了。而彼方来之伪是新生之业,有无穷之多,辨之不得,不辨亦不得也,知终难矣。岂仅以有涯之生逐无涯之知哉,且直以有限之精神历无形影海之风波也。难也不难?若夫视行之难否,语出经传,词连党国,故不具论。

八十八

紫色长行格子纸二页,其上满有抄写过的文字,才看一眼,就不见了。不怪自己失却之速,颇怪伊送来之错也。

八十九

秋冬之际,空城积灰,若有所待,难得他这样不糊涂。至于难得糊涂,则孔夫子几度弥缝,庄夫子一回叹息,此向所未见,且属非想,这安得有梦。

九十 (一百)

妻说,房间热,小孩受不住,叫我把炉门开一开。"热,我不能起来",把被一掀。她说:"快盖上罢。"我依她这话,不再作声……"敢情你的宗教思想比你政治知识还差得这没远呐!"埋怨的口气,"这才真是知有二五不知有一十呢。"(设人皆只臂,自注。)"怎么?"妻不服气。我方执漱盂,一手持刷,以刷敲盂声丁丁。"听见没有?""听见勒。"又让她手摸那盂那水。"冷不冷?""冷。""盂可以盛水,知道不知道?""知道。""则水在盂中……""知道。""刷以刷牙。""知道。""是名牙刷。"她觉得现在已不能再理。"怎么!我讲得多好,恁倒不言语勒?牙刷一五,水盂一五,一五加一五那是二五。然而一十呢?""我不知道。""我也不知道啊。""那你怎么说我?""我不记得曾说过我知道或者我不知道。"这就叫做知有二五不知有一十,你不知道我也不知道。但是他们呢?他们个个都知道,知道得都够多。如其是信基督教的他们,就会冲着这盂及刷,说其中有上帝,有耶稣,有"三位一体"。再如他们忽改"三位"为"三宝",无非还冲着水盂牙刷,喃喃咄咄,惊惊恐恐,说其中有莲花世界,珍异充满,甚至于已经看见阿弥陀的眉毛观世音的肉髻等等。这不是?还不快瞅?瞅见了没有?可不就在这儿！老早嚷成一片，你若被他们吆喝得一佛出世，二佛涅槃，头似乎那么往下一点；恭喜，恭喜，功行圆满了，算你知道二五又知道有一十了。你若始终头颈强（去声），不识相，那是自己爱当傻子，与别人无关。先知总该不会错；而女人也不会得再对。说到这里，似乎我先嚷成一片而她除却点头外再无别法，然而竟有大谬不然者也。她下床去开那通浴室的门，说房里毕竟太热了，这真是很稀奇的。我可再睡不着了，把方才的话说一遍，其词曰：靠任何学术之力均不足以打破宗教的根底，自然也不能完全不借这些个。科学原出"爱知"，但仅知是不够的。故曰，"知及之，仁不能守之，虽得之，必失之"。哲学叫人想得正确，宗教叫人用胡思乱想替代那正确，似乎哲学准赢而宗教准输。不知结果适得其反，人有点儿爱胡乱的习气。又似乎针锋相对，而用"照小镜"照之，偏偏不幸差了丝忽毫厘，不幸这毫厘丝忽便是千里。何以？天下虽大，还有说自己胡乱而人家反而正确的吗？以想破想，无有是处。信有彻底的想以之破想，亦无有是处。何则？想不自破故。惟有彻底的不想，斯能立而能破。不想得这样聪明，这样冷静，这样老辣，又这样的拗。知之为知之，不知为不知，是聪明也，他生未卜此生休，然而也不期待他生之可卜与此生之不休，是冷静也。未知生然而又曰无求生以害仁，焉知死然而又说朝闻道夕死可矣，是老辣也。两手明明空着呢，一个劲儿强，终不肯稍点其头者，拗也。若是者始得谓之知有二五不知有一十，妄相期许，你我过矣，且归罪于炉火耳。若是者距宗教心之远，远于诸宗教间任何可能之距离。若是者谓之不迷信。知她在点头不，我可不很清楚，我是始终困着的呀。

1934年11月9日

九十一

"人心唯危，道心唯微。"危字微字是豆蔻年时，一鬓五百万两鬓千万余也。平旦之气是不甚多，况梏亡之欤！听五更鸡叫了，顾轻尘晞露之身，亦须待回车而后恸哭乎？"世上无如人欲险，几人到此误平生"，"一失足成千古恨，再回头已百年身"，虽念得烂熟的了，譬如特意付之唱叹，不又要感慨击之么？

九十二

文章之境有四焉。何谓四境？明清厚远。明斯清，清斯厚，厚斯远矣。再问，曰辞达谓之明，意纯谓之清，意胜辞曰厚，韵胜意曰远。出于何书？三问，不答。

九十三

宋朝当然有白玉杯的,但不如他有赤玉杯。一自龙飞凤舞到钱塘,巨壑危岩,虚烟实翠,无不装以红踯躅,红踯躅无不积年老本。于三春谢客,千花退院时,萧索青芜国,同想赤城霞。尖青点碧,以仙子描鸾笔赶残夜妆梳之,雨重灯昏,光凝绚溢,不觉飞天之尽绛也。惜乎六陵一炬,遂无复遍青山题红了杜鹃矣,只山中人至今犹口口呼他映山红也。

九十四　不做和尚论（上）

不可不有要做和尚的念头,但不可以真去做和尚。因为真做了和尚,就没有要做和尚的念头了。

九十五　（中）

假如真要做和尚,就得做比和尚更和尚的和尚。多噜苏,莫如不做,干脆。

九十六　（下）一名"和知堂师诗注"

对甲说,"何不着袈裟",对乙说,"何必着袈裟",

在佛法想必有专门的术语，而在俗家谓之"见什么人说什么话"。

（跋语）自太庙买归浙杭莲记檀香扇骨一把之夕，即得关于和尚的闲话三则，洵良缘也。实则尚未得见周公，然而已躺下，准备去叩见矣，仍呼之为梦遇云。本来么，定说蝴蝶是梦，庄周不是，天下有这理么？将写上扇面矣，环说："自己写扇子做什么？"我说："是自己的扇子没。"但是就没有写。

九十七

槐屋卧闻犬吠出万静中。晨鸡夜犬最发人回头想，犬吠是现实的，鸡鸣则理想主义者。"梦回远塞荒鸡咽，顿觉人间风味别"，斯固畴昔之拳拳耳。"鸡声茅店月，人迹板桥霜"，顷若会其遥怨，则又为之慨慷。唯残寺疏钟差许嗣音，而柔厚微减。此意纵佳，起舞亦勿必。其可令楼中人同之否耶？

（注）某女史诗："听绝鸡声侵晓发，高楼犹有梦甜人。"

九十八

"常言五六月中，北窗下卧，遇凉风暂至，自谓是羲皇上人。"此不过在大热天昏头耷脑困了一歇中觉,何以便在羲皇以上?更何以见得不在羲皇以下?难道与羲皇并世还不够古,而定在其上?这"上"字实在下得怪。浅人谬曰,"泛泛语耳",此大不然。五柳传曰,"无怀氏之民欤,葛天氏之民欤"。彼无怀葛天者,宁非确在羲皇上耶?奈何尚以"莫须有"诬之乎?夫求古贤之意,振裘而挈领,则陶公其殆庶乎。于极无凭处还你一个凭据。只字千金,明眼看官急急着眼,蹉跎可惜也。

九十九

已返旧居,送客出门,仰面垂檐,椽而不瓦,间见天。及大门,回头看李合肥之匾,其一端已歪下矣,心想裁缝摊也该请走了。马医长巷,春水被之,积寸许,荇藻空明,不知客如何去也。人去无憾,稍为延伫,垂发立门口之滋味,还可念耳。梦觉怅然,以小诗二首寄吴下之阿姊。

不道归来鬓有丝,夕阳如旧也堪悲。

门栏春水琉璃滑,犹忆前尘立少时。

豆瓣黄杨厄闰年,盆栽今日出聊檐。

北人携去绒花子,萼绿苔梅许并肩。

(注)吴语谓檐为聊檐。

一〇〇

　　少长江南，夙困水厄，顷半古稀之年始稍懂得吃茶意，如此算去，一生能着几两屐？"海外徒闻更九州，他生未卜此生休"，拟向彼寻问，令略减感伤味，不知可否。

　　　　　　　　　　　　右一节苦茶厂写

一〇一　（后记）

　　得师友之手迹可谓遇矣，奈何饶舌？容毕一语可乎？《古槐梦遇》百之九十九出于伪造也，非遇亦非梦，伪在何处，读者审之。

　　　　　　　　　　　　1934年秋晚

【附一】

三槐序

　　舍下无槐，而今三之，曰古槐。书屋自昔勿槐，今无书，屋固有之，然弃而不居者又五年，值归省乍一瞻其尘封耳。庭中树居其半，荫及门而宜近远之见，本胡同人呼以大山，不知其为榆也，亦不知其为俞也。大树密阴，差堪享受。则知堂师云尔榆也谓之槐，其理由是不说。长忆幼读《左传》，至不能辨菽麦故不可立，为之一吓，不暇替古人担忧，想想自己怎么得了也。然则今日之触槐招笑，非独事理之宜，抑近谶矣。榆则有钱，槐有钱乎？固未之前闻也。是辨菽麦难而辨槐榆易也，是不辨菽麦者不必不辨槐榆也。而终不能辨，则其中乌得无天。又谁知畴昔之儿嬉点点花飞在眼前而又过之乎。此犹大英阿丽思姑娘之本不想为媚步儿，而忽然变为猪小儿也。孤始愿不及此，虽及此，岂非天乎。疑其兄平居之言而周子述之也，无明文者，记人失也。且夫三槐者，高门积善之征也，小生自不姓王，彼三榆出何典哉。大槐者梦邻也，曰古榆梦遇，榆屋梦寻，则不词矣。不典不词，其为世哂，将弥甚于今也。其为凡猥不又将下于此日万万也。与其为猪，无宁媚步，此固不必仔待通人之教者也。何况伦敦之酒不曰榆痕，则吾人解嘲之具且方兴而未艾，宽乎其有容也，泛泛乎其未有所止也，譬彼舟流不知所届已。且稍迟回而叙吾书。夫三槐之义既各有说矣，不书不槐不古之屋，而师友同说之极盛难继矣，而所以为三槐者，唯虚耳。于是乎序。

1934年除夕前三日平伯记

【附二】

致叶圣陶函

圣兄：

手札奉到。《二十五史》迄今尚未见店中人送来，好在弟不久须去取款，当去面询，或可取得。良友赵君肯承印弟书甚好。但《古槐梦遇》系一种特殊性质的东西，似不便加入其他文字，弄得不伦不类。弟本有编成"三槐"之意，即《古槐梦遇》，《槐屋梦寻》，《槐痕》是也。但彼"二槐"差得尚多，不知何时始可成书，是以拟先以《古槐》问世，俟"二槐"成后，合出一书，曰《三槐》，而分为三辑。良友方面欲印与否，当从其便耳。欲收入某项丛书中，弟亦无不可。近来一块肥肉大家要来染指，非独占即瓜分，我们当然管不着。

祝双安

弟平　1935年3月5日

打破中国神怪思想的一种主张——严禁阴历

我在北京已经过了四个新年。据我观察这四年来社会上一切情状,不但没有什么更动,更没有一点进步;只是些装神弄鬼的玩意儿,偏比以前闹得格外厉害。无论在茶棚,酒店,甚至于外国式的饭店,达官贵人的客厅,总可以听见什么扶乩呵,预言呵,望气呵,算命呵,种种怪话。亲友见面的时候,说话往往带些鬼气。我也不知道他们真是活见鬼呢?还是哄着小孩子玩呢?这姑且不提。就是这次,阴历的年关,辟历澎拍的声音——迎神降福的爆竹——足足闹了十几天,比往年热闹的多。这也可见得崇祀鬼神的心理,始终不变。我看见一般人讲鬼话,比讲人话还高兴,实在有点替他们难受。随便就做了这篇很短的文章。

中国思想界的糊涂,本无可讳言。我们总要想法子提醒他。但这些阴阳五行的话,尽可不必同他们胡缠。他们原是闭眼乱说;我们张着眼睛的人,偏要打在一块去,未免有点可笑。譬如醉汉寻人打架,本是常事;如一个清醒的人拉着醉汉讲理,旁观的人不免要说一句:"老兄!你也醉了!"所以只要有几篇用科学方法作证的文章,去解明这些荒谬,也就可以终止讨论。我们现在实际上着手，根本铲灭这种妖言，才是最切要的办法。

我对于这件事提出一个意见，就是严禁阴历，——并且禁止阴阳合璧的历书。我晓得说出这种话来，必定要引起社会上的反对。他们反对的心理不外两种：一种以为阴历禁止不禁止都没有多大关系；急待革新的事业是很不少，这一件小小的事哪里值得提倡。还有一种以为阴历用了几千年，在习惯上很便利；阳历不过是国际间用的，究竟不适合于本国民情；所以主张禁止阴历的人，都是媚外，都是迷欧。

我对以上两种话，各有一个解答。先说后边这个。历算这件事，不过推定地球绕日的时间。讲到它的体用上面，阳历尽有胜于阴历的地方，我把它分条说一说：

（一）阳历每月日数有定；阴历须每年推算才能分出大建小建，应用的时候，每月必须检查。

（二）阳历置闰以日计，四年一闰；阴历以月计，五年两闰，在历算上有精密粗疏的不同。

（三）二十四节候，阳历有一定的日期，相差不过一二天，阴历每年无定。

（四）阳历在国家预算决算表上有统一的便利；在人民方面，也免着"做长工愁到闰月"。

（五）阳历通用于世界，不但国际上如此，就是个人交际上亦有同一的便利。

从阴阳历体用看来，阳历只有好处。习惯本是人为的，可以更改，可以变化。如用阳历久了，只有比阴历更觉便利。不适合民情这句话，不成一个反证。并且我说阳历的完美，不过从比较上说话。欧洲近年来很有人要想另外创造一种新历；果然更能精密便利，当然要"舍旧谋新"，我一点没有固执的成见。

但是这种新历还没有创造出来，我们"择善而从"，不能不用阳历。阳历的优点还有许多，我们不是天文家，也不必细细讨论了。现在我解答第一种的意见，只是为改良社会上的思想说法；我以为阳历的废兴，关于改良社会思想的事很大，请诸位不要看轻了。我主张严禁阴历的理由，因为这是中国妖魔鬼怪的策源地。我们想想中国现在种种妖妄的事，那件不靠着阴阳五行；阴阳五行又靠着干支；干支靠着阴历。所以如严禁阴历，便不会有干支，不会有干支的阴阳五行；不啻把妖魔鬼怪的窠巢，一律打破。什么吉日哪，良辰哪，五禁哪，六忌哪，烧香哪，祭神哪，种种荒谬的事情，不禁自禁，不绝自绝。就是现在的人脑筋里忘不了妖魔的教训，鬼怪的思想，但是总不至于遗传到后来心地纯洁的青年身上去。所以我以为严禁阴历——禁止阴阳合璧的历书，——是刻不容缓的事，是打破中国几千年来神怪思想的最简截最痛快的办法。

1919年2月5日

身后名

恐怕再没有比身后之名渺茫的了,而我以为毕竟也有点儿实在的。

身后名之所以不如此这般空虚者,未必它果真不空虚也,只是我们日常所遭逢的一切,远不如期待中的那般切实耳。

碌碌一生无非为名为利,谁说不是?这个年头儿,谁还不想发注横财,这是人情,我们先讲它吧。十块洋钱放在口袋里,沉填填的;若再多些,怕不尽是些钞票支票汇票之流。夫票者飘也,飘飘然也,语不云乎?昨天四圈麻雀,赢了三百大洋,本预备扫数报效某姑娘的,哪里知道困了一觉,一摸口袋,啊呀连翻,净变了些左一叠右一叠的"关门票子",岂不天——鹅绒也哉!(天字长音,自注。)三百金耳,尚且缥渺空虚得可观,则三百万金又何如耶?

"阿弥陀佛!"三百万净现是大洋,一不倒账,二不失窃,摸摸用用,受用之至。然而想啊,广厦万间,而我们堂堂之躯只七尺耳(也还是古尺!);食前方丈,而我们的嘴犹樱桃也。夫以樱桃般的嘴敌一丈见方的盘儿碗儿盆儿罐儿(罐儿,罐头食物也,自注。),其不相敌也必矣。以区区七尺,镇日步步踱踱于千万间的大房子中,其不不打而自倒也几希。如此说来,还应了这句老话:"偃鼠饮河,不过满腹。"从偃鼠说,满腹以外则无水,这一点儿不算错。

至于名呢,不痛不痒,以"三代以下"的我们眼光看,怕早有隔世之感吧!

以上是反话。记得师父说过——却不记得哪一位了——"一反一正,文章乃成,一正一反,文章乃美"。未能免此,聊复云耳。

要说真,都真;说假,全假。若说一个真来一个假,这是名实未亏喜怒为用,这是朝三暮四,朝四暮三的玩意儿。我们其有狙之心也夫!

先说,身后之名岂不就是生前之名。天下无论什么,我们都可以预期的,虽然正确上尽不妨有问题。今天吃过中饭,假使不预期发痧气中风的话,明天总还是要吃中饭,今天太阳东边出,明天未必就打西边出。我茫然结想,我们有若干位名人正在预期他的身后名,如咱们老百姓预期吃中饭出太阳一般的热心。例如光赤君(就是改名光慈的了),他许时时在那边想,将来革命文学史上我会是第一名,第二名,第三名。

好吧,即使被光慈君硬赖了去,我不妨退九千步说,自己虽不能预期或不屑预期,也可以看看他人的往事。这儿所谓"他人",等于"前人",光慈君也者盖不得与焉,否则岂不又有"咒"的嫌疑。姓屈的做了老牌的落水鬼,两千年以上,而我们的陆侃如先生还在讲"屈原"。曹雪芹喝小米粥喝不饱,二百年后却被胡适之先生给翻腾出来了。……再过一二百年,陆胡二公的轶事被人谈讲的时候,而屈老爹曹大爷(或者当改呼二爷才对)或者还在耳朵发烧呢。耳朵发烧到底有什么好处?留芳遗臭有什么区别?都不讲。我只相信身后名的的确确是有,虽你我不幸万一,万一而不幸,竟"名落孙山"。

名气格样末事,再思再想,实头想俚勿出生前搭身后有啥两样。倒勿如实梗说。(苏白,自注。)

要阔得多,抖得多。所以我包光慈君必中头彩,总算恭维得法,而且声明,并非幽默。你们看,我们多势利眼!假使自己一旦真会阔起来的话,在一家不如一乡,一乡不如一城,一城不如一国,一国不如一世界,世界不如许多世界。关门做皇帝,又有什么意思呢?这也并非幽默。

然而人家还疑心你是在幽默,唉!没法子!——只好再把屈老爹找来罢,他是顶不幽默的。他老人家活得真没劲儿,磕头碰脑不是咕咕聒聒的姊姊,就是滑头滑脑的渔父,看这儿,瞅那儿,知己毫无,只得去跳汨罗江。文人到这种地步,真算苦了。"然而不然"。他居然借了他的《离骚》《九章》《九歌》之流,(虽然目今有人在怀疑,在否认,)大概不过一百年,忽然得了一知己曰贾先生,又得一知己曰司马老爷,这是他料得到的吗?不管他曾逆料与否,总之他身后得逢知己是事实,他的世界以文字的因缘无限制地绵延下去也是事实。事实不幽默。

身后名更有一点占便宜处：凡歹人都会自然而然地渐渐的变好来，其变化之度以时间之长为正比例。借白水的话，生前是"界画分明的白日"，死后是"浑融的夜"。在夜色里，一切形相的轮廓都朦胧了。朦胧是美的修饰，很自然的美的修饰。这整容匠的芳名，您总该知道的罢，恕我不说。

"年光"渐远，事过情迁，芳艳的残痕，以文字因缘绵绵不绝，而伴着它们的非芳非艳，因寄托的机会较少，终于被人丢却了。古人真真有福气。咱们的房客，欠债不还，催租瞪眼，就算他是十足地道的文豪罢，也总是够讨厌的了。若是古人呢，漫说他曾经赖过房租，即使他当真杀过人放过火来，也不很干我事。他和我们已经只有情思间的感染而无利害上的冲突了。

以心理学的观念言，合乎脾胃的更容易记得住，否则反是。忆中的人物山河已不是整个儿的原件，只是经过非意识的渗滤，合于我们胃口的一部分，仅仅一小部分的选本。

文人无行自古已然，虽然不便说于今为甚。有许多名人如起之于九原，总归是讨厌的。阮籍见了人老翻白眼，刘伶更加妙，简直光屁股，倒反责备人家为什么走进他的裤裆里去。这种怪相，我们似乎看不见；我们只看见两个放诞真率的魏晋间人。这是我们所有的，因这是我们所要的。

写到这里已近余文，似乎可以歇手了，但也再加上三句话，这是预定的结局。

一切都只暂存在感觉里。身后名自然假不过，但看来看去，到底看不出它为什么会比我们平常不动念的时分以为真不过的吃饭困觉假个几分几厘。我倒真是看不出。

> 1929年1月16日晨五时在北京枕上想好，
> 同日晚八时清华园灯下起草。

【附记】前天清华有课，这是我第一次感到作文的匆忙。既是匆匆，又是中夜，简直自己为《文训》造佳例了，然为事实所迫，也莫奈何，反正我不想借此解嘲就得勒。

匆匆的结果是草草。据岂明先生说，日本文匆匆草草同音，不妨混用。——草草决非无益于文章的，而我不说。说得好，罢了；不好，要糟；因此，恕不。只好请猜一猜吧，这实在抱歉万分。

【附记二】此文起草时果然匆忙，而写定时偏又不很匆忙，写完一看，已未必还有匆匆草草的好处了，因此对于读者们更加抱歉。

> 1929年1月18日，北京。

中　年

　　什么是中年？不容易说得清楚，只说我暂时见到的罢。

　　当遥指青山是我们的归路，不免感到轻微的战栗。（或者不很轻微更是人情。）可是走得近了，空翠渐减，终于到了某一点，不见遥青，只见平淡无奇的道路树石，憧憬既已消释了，我们遂坦然长往。所谓某一点原是很难确定的，假如有，那就是中年。

　　我也是关怀生死颇切的人，直到近年方才渐渐淡漠起来，看看从前的文章，有些觉得已颇渺茫，有隔世之感。莫非就是中年到了的缘故么？仿佛真有这么一回事。

　　我感谢造化的主宰，他老人家是有的话。他使我们生于自然，死于自然，这是何等的气度呢！不能名言，惟有赞叹；赞叹不出，唯有欢喜。

　　万想不到当年穷思极想之余，认为了解不能解决的"谜""障"，直至身临切近，早已不知不觉的走过去，什么也没有看见。今是而昨非呢？昨是而今非呢？二者之间似乎必有一个是非。无奈这个解答，还看你站的地位如何，这岂不是"白搭"。以今视昨则昨非；以昨视今，今也有何是处呢。不信么？我自己确还留得依微的忆念。再不信么？青年人也许会来麻烦您，他听不懂我讲些什么。这就是再好没有的印证了。

再以山作比。上去时兴致蓬勃，惟恐山径虽长不敌脚步之健。事实上呢，好一座大山，且有得走哩。因此凡来游的都快乐地努力地向前走。及走上山顶，四顾空阔，面前蜿蜒着一条下山的路，若论初心，那时应当感到何等的颓唐呢。但是，不。我们起先认为过健的脚力，与山径相形而见绌，兴致呢，于山尖一望之余随烟云而俱远；现在只剩得一个意念，逐渐的迫切起来，这就是想回家。下山的路去得疾啊，可是，对于归人，你得知道，却别有一般滋味的。

试问下山的与上山的偶然擦肩而过，他们之间有何连属？点点头，说几句话，他们之间又有何理解呢？我们大可不必抱此等期望，这原是不容易的事。至于这两种各别的情味，在一人心中是否有融会的俄顷，惭愧我不大知道。依我猜，许是在山顶上徘徊这一刹那罢。这或者也就是所谓中年了，依我猜。

"表独立兮山之上"，可曾留得几许的徘徊呢。真正的中年只是一点，而一般的说法却是一段；所以它的另一解释也就是暮年，至少可以说是倾向于暮年的。

中国文人有"叹老嗟卑"之癖，的确是很俗气，无怪青年人看不上眼。以区区之见，因怕被人说"俗"并不敢言"老"，这也未免雅得可以了。所以倚老卖老果然不好，自己嘴里永远是"年方二八"也未见得妙。甚矣说之难也，愈检点愈闹笑话。

究竟什么是中年，姑置不论，话可又说回来了，当时的问题何以不见了呢？当真会跑吗？未必。找来找去，居然被我找着了：

原来我对于生的趣味渐渐在那边减少了。这自然不是说马上想去死，只是说万一（？）死了也不这么顶要紧而已。泛言之，渐渐觉得人生也不过如此。这"不过如此"四个字，我觉得坛坛有余味。变来变去，看来看去，总不出这几个花头。男的爱女的，女的爱小的，小的爱糖，这是一种了。吃窝窝头的直想吃大米饭洋白面，而吃饱大米饭洋白面的人偏有时非吃窝窝头不行，这又是一种了。冬天生炉子，夏天扇扇子，春天困斯梦东，秋天惨惨戚戚，这又是一种了。你用机关枪打过来，我使用机关枪还敬，没有，只该先你而呜乎。……这也尽够了。总而言之，统而言之，不新鲜。不新鲜原不是讨厌，所以这种把戏未始不可以看下去；但是在另一方面，说非看不可，或者没有得看，就要跳脚拍手，以至于投河觅井。这个，我真觉得不必。一不是幽默，二不是吹，识者鉴之。

看戏法不过如此，同时又感觉疲乏，想回家休息，这又是一要点。老是想回家大约就是没落之兆。（又是它来了，讨厌！）"劳我以生，息我以死"，我很喜欢这两句话。死的确是一种强迫的休息，不愧长眠这个雅号。人人都怕死，我也怕，其实仔细一想，果真天从人愿，谁都不死，怎么得了呢？

至少争夺机变,是非口舌要多到恒河沙数。这真怎么得了!我总得保留这最后的自由才好。既然如此说,眼前的夕阳西下,岂不是正好的韶光,绝妙的诗情画意,而又何叹惋之有。

他安排得这么妥当,咱们有得活的时候,他使咱们乐意多活,咱们不大有得活的时候,他使咱们甘心少活。生于自然里,死于自然里,咱们的生活,咱们的心情,永久是平静的。叫呀跳呀,他果然不怕,赞啊美啊,他也是不懂。"天地不仁""大慈大悲……"善哉善哉。

好像有一些宗教的心情了,其实并不是。我的中年之感,是不值一笑的平淡呢。——有得活不妨多活几天,还愿意好好的活着;不幸活不下去,算了。

"这用得你说吗?"

"是,是,就此不说。"

1931年5月21日黎明

救国及其成为问题的条件

救国(不仅仅是救国,一般的公众事业皆然)并不成为问题,假如我们不需要。怎样一种人方才需要救国呢?

日常的生活几乎绝对不需要救国之类的,这生活的光景可分为动静两面:静的方面是保持现状,只求平安。我要活着,我老要活着,无论怎么样活法我也要活着的,狗也罢,公卿也罢,神仙也罢,我要独活着,虽有亿兆的苦难,而死的若不是区区,何妨!再进一步,以千万人的不得活成就我的独活,这大概可以不活了罢?然而不然,据说还是要活的。这么说来,求生之志,可谓坚逾金石了。等到事实上不能平安的时候可又怎么样?原来就算了。有些是有生之命定,有些却也未必,例如帝国主义的枪弹等等,而其不介意也相若。轰轰烈烈的死是苦命,胡里胡涂的死是福气。我们只知持生(仿佛捧在手里)而不知爱生,乐生,善生。我们特别怕死,却算起来,我们死得比人家又多又快。动的方面是力图进展,很想阔气。我活着哩;要活得舒齐,活得舒齐了,要活得更舒齐;活得很舒齐了,还要活得再舒齐一点……到底有几个"还要"呢?天知道!舒齐之极有如皇帝,似乎已没得想了,他还在想自己永远能如此不能（成仙）？还在想子子孙孙能永远如此不能（传代）？穷人梦里变富人，富人梦里就变猪，果然说不尽，然而也尽于此矣。这好像没有例外。好坏之别只在手段上，不在目的上。有所不为谓之好人，无所不为谓之坏人。

所谓国家之隆替，民族之存亡，与这种生活有什么关联呢？看不出！不妨武断地说，救国并不成为一个问题。果真成为问题，必另有其条件。

说起来简单万分，知道世界上有"我"还有"人"，这就是条件了。在我以外找着了别人，这是做人以来顶重要的发见，影响之广大繁多也非言词能尽。它把我们的生活弄复杂了。它把我们的生命放大了。它使我们活得麻烦，困难，而反有意思了。它或者使我们明明可活而不得活，但这不活比活或者更加有意思了。

舍己从人总是高调，知道自己以外还有别人的这种人渐渐多起来，只知道苟生独活的家伙渐渐少起来，那就算有指望了。然而又谈何容易呢！这在个人已需要长时间的、无间断的修持与努力。吾乡有谚曰"说说容易做做难"，此之谓也。

重己轻人，贪生怕死，爱富嫌贫，人之情即圣人之情也，圣人何以异于人哉？（圣人只是做君子的最高标准。）无非常人见了一端，圣人兼看两面耳。多此一见，差别遂生。孟子说，"所欲有甚于生者，所恶有甚于死者"；"有甚"也者多绕了一个弯罢了。孔子说，"富与贵是人之所欲也，不以其道得之不处也；贫与贱是人之所恶也，不以其道得之不去也。君子去仁，恶乎成名"。又说，"无求生以害仁，有杀身以成仁"。仁也者，多绕了一个弯而已。一个弯，又一个弯，这是使救国及其他成为问题的重要条件，即使不是唯一的；我确信如此。

在所谓士大夫阶级里，睁开眼睛，净是些明哲保身的聪明人，看不大见杀身成仁的苦小子，我竟不知道救国是一个问题不是，也不知道什么时候，在我们才会成为问题。

1931年12月21日

代拟吾庐约言草稿

我们认为一个人对于自己的生命与生活，应该可以有一种态度，一种不必客气的态度。

谁都想好好的活着的，这是人情。怎么样才算活得好好的呢？那就各人各说了。我们几个人之间有了下列相当的了解，于是说到"吾庐"。

一是自爱，我们站在爱人的立场上，有爱自己的理由。二是平和，至少要在我们之间，这不是一个梦。三是前进，惟前进才有生命，要扩展生命，惟有更前进。四是闲适，"勤靡余暇心有常闲"之谓。如此，我们将不为一切所吞没。

假如把捉了这四端，且能时时反省自己，那么，我们确信尘世的盛衰离合俱将不足间阻这无间的精诚；"吾庐"虽不必真有这么一个庐，已切实地存在着过了。

这是一种思想的意志的结合，进德修业之谓；更是一种感情的兴趣的结合，藏修息游之谓。生命至脆也，吾身至小也，人世至艰也，宇宙至大也，区区的挣扎，明知是沧海的微沤，然而何必不自爱，又岂可不自爱呢。

1932年1月29日

广亡征

　　这好像是很严重的文字，救国之类的，——《我的救国论》前在《东方》被燃烧弹烧了，原来文字之力不如炮火，从此搁笔，所以这是闲话。除掉引用下列忆中的残烬一段，以外有无似处，无从根究了。

　　……西式之餐谓之大菜，而水陆之陈为小菜矣；洋式之屋谓之大楼，而亭台之设犹陋巷矣；治本国之学问，以Sinologist为权威矣；不裹舶来的练绒不成其为摩登之姝，而蚕丝之业破矣。鸡蛋也好，太阳也好，拳头巴掌也好，人家的什么都好，咱们没有什么好，这不结勒！爱之何为，救之多事。

　　（《我的救国论》"要懂得爱，要懂得羞"。）

　　准上而言，亡国或否都是些闲话。本来，我看北京的情状（全国其他各地，不知者不敢妄评），大概谁都端正好箪食壶浆的了；否则虎狼屯于阶前，燕雀嬉于堂下，何其雅人深致哉。总之，即非闲话，今日之下亦以作闲话读才是。

正传有六点：（一）欧化不亡国；（二）欧化要亡国；（三）留学生及其他；（四）亡征之一；（五）亡征之二；（六）非亡不可，早已亡了，亡了也不要紧。

"欧"是广义的，美国欧之，日本亦欧之。欧化是学外国人。先承认外国人有比我们好的地方，继而承认一个人应该学好，自己即使好了，还该学更好的（据胡博士说），既如此，学外国人原是不会亡国的，假如学得像。

假如学不像呢，那是要亡国的，不客气。我们确是学鬼子学得一点也不像，或者倒像它的背面。不但西装大菜是皮毛，即声光化电文艺美术也还是皮毛，东西洋人有如瑜亮，手心里同是一个字"干"，我们杜撰了一个"不"字。以"不干"学"干"，那是空前的学得不像。所以在这篇文字里，欧化的另一意义就是不欧化。

别的东西不知道学全了没有，这个诀总归不曾带来，或者在火车汽船里失掉了，以至一事无成，加速度的趋于灭亡。留学生正是传布这灭亡微菌的媒介，推销洋货的康白度。不论你学成或否，这种职务却是必然的。设有某甲，带回来的是会造铁路，会买洋货，他算能功过相抵；无奈中国没有这么多的铁路给你造，却有那么多的洋货给你买，久而久之，把本领还给了外国师父，而舶来的生活习惯却纹丝不动，历久常新，洋货确是美，爱美是人情；洋货用起来确是舒服，爱舒服是人情，洋货确是便宜，——在中国买洋货有时比在它本国还要便宜，爱便宜是人情；在国外用惯了的东西，在国内又碰见了，不由得伸手掏钱；爱故旧也是人情；假如他娶了洋太太，那更不得了，爱太太，人情以外还是义务。左也是人情，右也是人情，原来在他的意识底下，生活习惯里，其祖国至少有一部分是美英德法了。这似乎是留学生的命定。至于名流巨子功在国家者自当别论也。

不要将这恶名都栽埋在留学生身上，他们是急先锋，不就是大队，大队跟着先锋走。一从把微菌带了回来以后就站在最高处，顺风布散，既然深得民心，那自然有如水银泻地，无孔不入。你在市场里约五分钟。就证明这是事实。穿洋服的不必会说洋话，太太小姐们不见得都出过洋留过学，今日之下，是凭全社会的力以跑步姿势，向着灭亡的道路走。

在精神方面说，情钟势耀而已。我们并不曾，也不曾想学外国人之所以为外国人；只是爱他，怕他，靠他，媚他。好容易在至圣先师牌位前爬起来，而又在洋大人的膝前跌倒了。我们的前辈无非顽固，而我们这一代实在卑鄙，卑鄙到竖不起脊梁骨的程度，于是有了所谓高等华人。夫高等华人者，自居于卑下而以白种为天骄，欧美为娘家之人们也。以此治国，国胡不亡；以此教士，士胡不糟；群公不休，中国休矣。别的且不说，从九一八至于今日，除掉有点高调以外，举国上下差不多一心一意的在靠外国人；从头不抵抗，一也；饧糖般的泥着国联，二也；秋波瞟着太平洋的对岸，三也；以长期不抵抗为长期抵抗，四也；至恭尽礼以事游历团，至不惜自涂其国民革命成绩表现之标语，五也；学教授们向游历团递上说帖，六也；打电报向美国乞哀，七也；"这样的一个自治省政府，我看不出有什么可以反对的理由"，八也；为北平有了文化的缘故，自己就要赌咒永不驻兵，九也。（有人疑惑，他们懂得文化不？假如中国全国都充满了文化，又怎么办？）不必凑上十景十全，九样还不够瞧吗？假如国难发生在英国，会不会把伦敦改为文化城，或者宣言牛津永不驻兵？比国当年甘心以乾坤一掷，只不许德兵假道，它为什么这末傻！是没有文化之故，还是不懂得文化之故呢？当年法败于德，法就割地，前年德败于法，德就签约。我们看见它吃苦，不看见它乞怜，不看见它痴心妄想靠人家吃饭；这才是洋鬼子的精神。我们的大人先生只是些假洋鬼子，此阿Q所贱的，何足道哉！

和战无不可，宁为玉碎，战固是也；不如瓦全，和亦不非。有力而战这个最好，无力而和也叫没法。有力该用力，无力得造力，只有依赖是终始可以一点不用力的，只要会作出可怜之色就够。所以分明是下策而视同鸿宝者，统治阶级别有会心的原故也。

先民的壮烈，风流顿尽了，鬼子的蛮性也学他不来的，虚脱是亡征之一，不但气亏，血也亏的。枯竭是亡征之二，韩非原说，"亡征者非曰必亡，言其可亡也"。但古今事异，竟易可亡之征，为必亡矣。"漏卮"这个名字，我近三十年前就在《申报纸》上见到，而三十年以后不知弄得怎么样了。原来大家眼底早已雪亮，谁不是明白人，无非利用这"眼不见为净为苟活"，甚至于不惜把子孙丢在粪窖里。以农为本的国家，要吃洋米洋麦；以丝著名于世界的，而士女们偏要着洋绸洋缎（呢绒更不必说）；电走的摩托是高等人的必需，其零星之件，消耗之油，无非"来路"，这才可以说是洋车。……"洋""洋"乎，盈耳哉，是以公路长则汽车多，汽车多则亡国快；教育盛则高等人多，高等人多则亡国也快。交通教育之进展，宁无益于国家，然而中国的交通，不啻为帝国主义导夫先路，它的教育又不啻为买办阶级延揽人才。教育也会亡国么？斯未之前闻也，呜呼惨矣！

要找统计，恐怕更要不得了，入超好像是命。——不入超也正不得了。他们用大量生产的机制物来换我们一点一滴都是血汗的土货，生货，表面上即使以一换一，骨子里竟许不止以一换百。在劳动价值悬绝的货物交换之情形下，不入超也正不得了。何况入超，何况加急的入超，何况年年入超。

此可谓之物质文明乎，爱更好的表现乎？诚不能无疑也。可以说它是物质文明，但这是高利贷的物质文明——在"物质"上被人家的"文明"尽量剥削的意思。也可以说是爱好，但只可比作妓女之爱俏。我们大有不惜把万里山河换人家一小瓶香水的气度，谁说我们不慷慨呢！

爱更好，学者已证明了，爱好最是人情，但我不说我们

"爱好"，我说我们"眼皮浅"，这是"失之毫厘谬以千里"的。何谓爱好？我见人家有一物甚好，玩之赞之，思有之之谓也！偷之抢之，固属白拿，究竟不妥，租之买之，事颇合法，然而破钞矣。第一个应转的念头，是我们能不能仿做得一样好，甚而至于比它好。假如可以，就该做去。第一次做不好，第二次再做，今儿不成，明儿再干。所谓愚公移山，精卫填海（当然不是在朝出洋的那一位），真正爱好的人不但要在事实上，占有此"好"，且要把我的生命力和它接近。

"何为纷纷然与百工交易，何许子之不惮烦？"既然不得不以其所有，易其所无，那就只好破钞。钞是筹码。事实上仍旧以物抵物。今合众国有大汽车焉，而我们悦之，（有人主张压根儿原不必爱汽车，虽颇干脆，恐非人情。）仿造最好，不能唯有交换。如我们拿飞机给它交换，那是上策；拿小工厂制品给它交换，那是中策；拿生货给它交换，那是下策；不够的交换，负的交换，那是无策。上不吃亏，中吃小亏，下吃大亏；上常常为之，中偶一为之，下则万不得已而始为之。反观我国，生货却是出口贸易之大宗，负的交换又好比家常便饭；是以海运一开，破钞其名，破产其实，以破钞始，以破产终。爱好虽是人情，但这样的爱好不必是人情，爱更好虽是正理，但这样的爱更好不必再是正理；我不欲玷污好名字的清白，所以叫这种脾气为眼皮浅。

我在中国看见电灯十年以后，在伦敦还有煤气灯。（听说今天还有。）中国的物质享用似乎并不落人后。可以说中国的物质文明也不落人后吗？你好意思不？我们只会沾光白吃，我们只想沾光白吃。在前辈妄自尊大，则谓之大爷脾气，在我辈胁肩谄笑，则谓之奴隶根性。大爷奴才虽有云泥之别，而其想沾光白吃之心，固历数十年如一日。人家为什么肯给咱们沾光白吃呢！既借了债，总要加本加利还人家的，然而当我们做大爷时不觉也。是大爷末，那里会觉得呢。由大爷骤降为奴才，明是积年被重利盘剥所致，然而仍不觉也。及至做了奴才以后，则其沾光白吃更视为应有之特权，恐怕也不会再觉得了吧。是以豪情逸兴，非特不减当年，且亦前程远大，未可限量云。

全国的人，穷人跟着阔人，阔人跟着洋人，以洋人领头走成一条直线，男的女的，老的少的，蠢的俏的，如水长流归于幻灭的大壑。而在奔流之俄顷，一线的行列中，自己更分出种种阶级来。生得伶俐俊俏，容易见主人的青眼的偶蒙赏赐一片冷牛肉，就吃得感激涕零而自谓知味；愚拙不幸的伙伴，则方日在亲炙鞭笞之中，仰望同侪，又曷胜其向往。"九渊之下尚有天衢"，然哉然哉！

话虽不堪，无奈是实情；好像很苦，其实也未必。"吾鞭不可妄得也"。牛肉确乎也很好吃的。沾光白吃的大愿反正已经达得，则去当人家的奴才，正是"求仁得仁"，而又何怨之有！

"中国不亡是无天理。"可谓名言矣。有人疑惑占卜的不灵,他可太不开眼了。以为中国没亡么?有何是处呢,不过没有亡得干净罢了,况且现在正加工加料地走着这一条路——甚至于暗中在第二条路上同时并进,这是灭种。"灭种吗"?"是的,名词稍为刺眼个一点,其实也没有什么的"。神情冷淡,有如深秋。此足为先进文明之证矣,但其是否舶来,且留待史家的论定罢。

数了这一大套贫嘴,很对不起诸君。但谚曰,"为人不做亏心事,半夜敲门鬼不惊",敲之在我,惊否由君。即使有一夜,忽然听见鬼来了,似乎不大名誉相,而在另一意义上,五更不寐,何必非佳。乌鸦固丑,却会哀音,大雅明达,知此心也。

1932年11月3日

闲　言

　　非有闲也,有闲岂易得哉？有了,算几个才好呢？或曰：暇非闲,解铃还仗系铃人,而乌可多得。

　　夫闲者何也？不必也,试长言之,不必如此而竟如此了也。天下岂有必者乎？岂有必如此必不可如彼者乎？岂有必如彼必不可如此者乎？岂有非恭维不可者乎？……终究想不出这是怎么一回事也。

　　于是以天地之宽,而一切皆闲境也；林总之盛而一切皆闲情也。虱其闲者是曰闲人,闲人说的当曰闲话。——这名字有点王麻子张小泉的风流。不大好。俗曰"闲言闲语",然孔二夫子有《论语》,其弟子子路亦然,以前还有过《语丝》,这语字排行也不大妥当。况乎"食不语,寝不言",我说的都是梦话哩,这年头,安得逢人而语,言而已矣。

　　言者何？无言也。红莲寺的圣人先我说过了。昔年读到"知者不言,言者不知",颇怪《道德》五千言从那里来的。"予欲无言",所以都说国师公伪造五经。他有此能耐乎,可疑之极矣！

　　再查贝叶式的"尔雅","言；无言；无言,言也"。疏曰："无言而后言，知无可言则有可言，知绝无可言，则大有，特有可言也。"善哉，善哉，樱桃小口只说"杀千刀"，一礼拜之辛苦不可惜么？

试引全章——

子曰："予欲无言。"子贡曰："子如不言则小子何述焉？"

子曰："夫何言哉，四时行焉，百物生焉，夫何言哉！"

此从章氏《广论语骈枝》说，鲁论之文殆如此也。圣则吾不能，乃自比于天，恐无此荒谬的孔子。

"万物静观皆自得，四时佳兴与人同"，在天地之间者毕矣。何可说，何不可说；何必说，何必不说。五千言不算少，无奈老子未尝以自己为知者，所以咬它不倒。凡圣贤典文均认真作闲言读过，则天人欢喜。

不幸而不然，它一变而为沉重的道统，只有我的话能传，载，负荷；我一变而亦为道统，要无尽的灰子灰孙来传，载，负荷，那就直脚完结，直脚放屁哉！话只有这一个说法，非如此不可的，却被我说了；那末你呢？如彼，当然不行，不如彼也不行。不如彼未必就如此，会如伊的，如伊又何尝行。——总之，必的确如此而后可，这是"论理"。至于"原情"，的确如此也还是不可以。"既生瑜何生亮，苍天呀苍天！"你听听这调门多糟心！所以必须的确如此而又差这么一点，或者可以pass，好不好也难说，你总是不大行的。对你如此，对他，伊，她，讵无不如此的，我之为我总算舒服得到了家了。人人都要舒服得到家，而从此苦矣。这是"箭雨阵"。《封神榜》所未载，《刀剑春秋》所不传，你道苦也不苦。

此盖只学会了说话，而不曾学会说闲话之故也。闲话到底不好，闲言为是。言者何？自言也。"闲言"之作，自警也。宁为《隋唐》之罗成，不做《水浒》之花荣，此衲子在癸酉新春发下的第一个愿，如破袈裟，阿门。

1933年1月26日

赋得早春
——为清华年刊作

"有闲即赋得",名言也,应制,赋得之一体耳。顷有小闲,虽非三个,拈得早春作成截搭,既勾文债,又以点缀节序排遣有涯,岂非一箭双雕乎?

去冬蒙上海某书局赏给一字之题曰"冬",并申明专为青年们预备的,——啊呀,了不得!原封原件恭谨地璧还了。听说友人中并有接到别的字的,揣书局老板之意岂将把我配在四季花名,梅兰竹菊乎?

今既无意于"梅兰","冬"决计是不写的了。冬天除掉干烤以外,——又不会溜冰,有什么可说的呢?况且节过雨水,虽窗前仍然是残雪,室中依旧有洋炉,再说冬天,不时髦。

六年前的二月曾缀小文名曰《春来》,其开首一引语:"假使冬天来了,春天还能远吗?"然则风霜花鸟互为因缘,四序如环,浮生一往。打开窗子说,春只是春,秋只是秋,悲伤作啥呢?

"今天春浅腊侵年,冰雪破春妍,东风有讯无人见,露微意柳际花边,寒夜纵长,孤衾易暖,钟鼓渐清圆",闲雅出之，而弦外微音动人惆怅。过了新年，人人就都得着一种温柔秘密的消息，也不知从那儿得着的，要写它出来，也怕不容易罢。

"饭店门前摆粥摊。"前数年始来清华园，作客于西院友家。其时迤西一带尚少西洋中古式的建筑物，一望夷旷，惬于行散，虽疏林衰草，淡日小风，而春绪蕴藉，可人心目，于是不觉感伤起来：

> 骀荡风回枯树林，疏烟微日隔遥岑，暮怀欲与沈沈下，知负春前烂缦心。

这又是一年，在北京东城，庭院积雪已久，渐渐只剩靠北窗下的一点点了，有《浣溪沙》之作：

> 昨夜风恬梦不惊，今朝初日上帘旌，半庭残雪映微明。渐觉敞裘堪暖客，却看寒鸟又呼晴，匆匆春意隔年生。

移居清华后，门外石桥日日经由，等闲视之。有一个早春之晨去等"博士"而"博士"不来①，闲步小河北岸，作词道：

---

① "博士"：bus。

桥头尽日经行地，桥前便是东流水，初日翠连漪，溶溶去不回。春来依旧矣，春去知何似。花草总芳菲，空枝闻鸟啼。

文士叹老嗟卑，其根底殆如姑娘们之爱胭脂花粉，同属天长而地久，何时可以"奥伏"，总该在大时代到了之后乎，也难说。就算一来了就"奥伏"，那末还没有来自然不会"奥伏"的，不待言。这简直近乎命定。寻行数墨地检查自己，与昨日之我又有什么不同呢？往好里说，感伤的调子似乎已在那边减退了——不，不曾加多起来，这大概就是中年以来第二件成绩了。

不大懂人事的小孩子，在成人的眼中自另有一种看法：是爱惜？感慨惆怅？都不对！简直是痛苦。如果他能够忠实地表示这难表示的痛苦，也许碰巧可以做出很像样的作物的。但说他的感觉就是那孩子自己的呢，谁信，问他自己肯不肯信？

把这"早春"移往人世间的一切，这就叫"前夜"。记得儿时，姊姊嫁后初归，那时正是大热，我在床上，直欢喜得睡不着。今日已如隔世。憧憬的欢欣大约也同似水的流年是一样的罢。

诸君在这总算过得去的环境里读了四年的书，有几位是时常见面的，一旦卷起书包，惋惜着说要走了，让我说话，岂可辞乎？人之一生，梦跟着梦。虽然夹书包上学堂的梦是残了，而在一脚踏到社会上这一点看，未必不是另外一个梦的起头，未必不是一杯满满的酒，那就好好地喝去罢。究竟滋味怎样，冷暖自知，何待别人说，我也正不配说话哩，只好请诸君多担待点罢。

1933年2月22日

国难与娱乐

日前与某居士书曰:"看云而就生了气,不将气煞了么?"可见看云是很容易生气的。此文不作自己以及他人之辨解云。

单是"东师入沈阳"足以成立国难的,有九一八的《北晨》号外为证,其大字标题曰,"国难来矣",洵名言也,国难于是乎真来了。别人怎么说,不知道。各人可以自定一个标准——国家人民吃苦到什么程度才算受难,——但既定之后似乎不便常常改变,有如最初以沈阳陷落为国难,而到后来听说××不要占北京就要开起提灯会来,——那原是没有的事,我嘴闲。至于娱乐,一切生活上非必要的事情属之,如吃饭不是,而吃馆子当是娱乐,在家中多弄几样菜,邀朋友闲话,算娱乐不算,似中央党部尚少明文规定,今为节省纸墨起见,不再啰嗦。

国难和娱乐的冲突只有一个情形,(在火线上送了命等等,当然不算。)假如人人都有一种应付国难的工作在手中丢不下,那就自然而然有点不暇玩耍勒——其实工作暂息,仍不免寻寻开心的,姑以不暇玩耍论。试问今日之下,我们有这种福气没有?

于是国难自国难,娱乐自娱乐,若谓其中有何必然的连锁,惭愧"敝人"未名其土地。就常情言之,有了国难,始有救国的口号,救国者救其难也。国家好比嫂子。嫂子啊呀入水,救她当然用手,不能托之空言,而用手是工作。故国难与娱乐假使会有冲突,必然在救国的工作上;否则国难只是一个空名词,空名词不会引起什么冲突的。然而一切的工作本不和娱乐冲突,救国的工作,名目或者特别好听点,安见得便是例外。娱乐可以促进工作的效能,而不妨碍它,这总不必让教育学博士来开导我们的。反过来看,不娱乐只是不娱乐,也毫无积极救国,免除国难的功能,除非你相信吃素念《高王经》会退刀兵。即使"四海遏密八音"(伏下,自注。),也不能使人家的十一架飞机不来;何况"遏密"也不很容易哩。颠倒算去,"有国难就不娱乐",这是既不能使它普遍,也不必要它普遍的,质言之,一种畸人的行径而已。

难能颇可贵,我不十分反对这种行径。它是一种表示,一种心理上的兴奋,或者可以希望有一点传染性的兴奋,以古语言之,振顽立懦。你就是么?久仰久仰,失敬失敬!朋友,做这类事情总须得点劲才有意思不是?但得劲却是不易。你先把什么是国难弄清楚了,把什么是娱乐也弄清楚了。譬如你觉得吃荤有点儿不必要,那就吃国难素;既认失却某地为国难的起点,那末,在某地未光荣地收复以前,千万别开荤。老先生,在这个年头儿，不是小子擅敢多嘴，你颇有一口长斋的希望哟！我老早说过，这是畸人的行径哩。以小人待天下，固不可为训，径以圣贤待之，亦迂谬甚矣。至于听见飞机来了才赶紧"封素"，这种闻雷吃斋的办法，敝人莫赞一词。

我说"不十分反对"，可见我不是一点不反对。是的，即使彻底持久吃起国难素来，我也有点反对的。这虽是个人的行为，也不宣传，但也很容易使人觉得吃素就是救国工作之一，这又是宗教上，法术上的玩意来了，敝人不胜头昏。前在某处谈话，我们说东方人有种脾气不大好，似乎相信冥漠的感应，又喜欢把个人和国家相提并论，这远不如洋鬼子。东方式的自杀，表面上似很可赞美的，其实没有什么道理。他总觉自己一条穷命太重要，重要得有和国家一字并肩的资格，所以不妨（不敢说他有意）把国事弄糟了，然后自杀以谢国人。这实在胡涂得厉害，脾气也很不善良。如这一回的事件，有个朋友说："我们的当局应该在对日的和约上签了字，然后一手枪自杀。"这原是随便说的。若认和约非签不可，被刺是意中也许是意表，自杀总之不必，冤。若认为和约有损于国，那么自杀只是中国多死了一个人，也不是什么对于国家的补剂。吃国难素至于绝食，及停止一切娱乐，其根据均在自我中心论和一种冥漠的感应观念上面。这是一种法术的类似，使人容易逃避对于国难及原因的正视，使人容易迷误正当解决的方法，这有一点点的深文周内，未可知，但我确是如此说的。

其另一点，便是"泄气"。有了激烈的感情，必须给它一个出路，给了就平安，不给就闹。今有至热的爱国心于此，不使它表现在实际救国的工作上，而使它表现在仪式上，岂不可惜。说到停止娱乐，不由得联想起丧事来。一家死了人，一家哭，一国死了人，一国哭。哭得伤心，哭得不错。因为死生有命，"阎王注定三更死，谁敢留人到五更"，我们也只好用仪式之类表示衷心之哀悼，老实说，这是人类运命的暴露，决不是什么名誉。假如科学上发明了返生香，还魂丹，那时亲人正在咽气，马上给他弄活了，开了汽车去玩耍，岂不有趣，岂不比现在做儿子的寝苫枕块，披麻戴孝强得多么？今日国难之来也，明系人谋之不臧，并非苍天之不佑，何必回过头来，装出这种阛茸腔呢？

国难期间停止一切的娱乐，若全国人民没有热情，是做不到的；若有，更是不该做的。所以我到底想不出国难和娱乐有什么因果的关联，我更讨厌"国难这么严重还有心玩耍吗！"这种道貌岸然的工架。我看云生气。

     1933年5月26日11架日本飞机 Visit 北平之日

元旦试笔

从前在大红纸上写过"元旦举笔百事大吉"之后，便照着黄历所载喜神方位走出去拜年。如今呢？如今有三条交错重叠的路，眼下分明。

第一指路箭正向着"亡国"。以神洲有限之膏腴，填四海无穷之欲壑，菁华已竭，褰裳去之，民尽为丐，则不如奴才矣。自由之民，期为人奴，此之谓亡国路。

第二个是灭种。于吃饭以外懂得要点麻醉，洵不愧万物之灵也，今日鸦片曰烟，吗啡曰针，白面而红其丸，是富贵人的happy，是穷苦人的酒杯，是……的生财有大道，非华夏之国宝欤？无奈杞人之妻夜夜听他家先生的叹息，腻腻儿的。灭种？远咧。然而不然，一眨眼这么一大节（要用手来比），远杀也是够瞧的，且此路幽深，何堪向尽。降为行尸，不如丐兮，前夜卖身，今儿找绝了。

第三是……。民不乐生，奈何以生诱之，民不畏死，奈何以死惧之。死宁不畏，生不乐故。生何不乐，不快活故。大鱼吃小鱼，小鱼吃虾，虽是正理，但偏有一班讨厌鬼开心地要问，要想虾的前程或者团圆。有的说，虾将来许会反咬佢们一口,我可不大信,试想溜汪洋面上的大鱼,虾儿们咬得着吗?更有人说,龙虾也该是来路的好,甘心被它咬一口,也正复难定。这也不知道。总之,这种麻烦的问题,老僧不知。

暗雨危楼,临窗灯火,中有万幻的姿形,供闲云的凭吊,而三条煞气,一抹罡风,围着蜃楼打旋。您觉得危字不大够劲吗?殊不知罡风之外别有罡风,煞气之外另有煞气哩。

九万扶摇,吹往何处?究竟究竟,衲也不知,除非去叩求先圣周公。

1933年11月7日预作

人力车

妻说:"近来人力车夫的气分似乎不如从前了。"虽曾在《吃语》中(《杂拌》二末页)说过那样的话,而迄现在,我是主张有人力车的。千年前的儒生已知道肩舆的非人道,而千年以后,我还要来拥护人力车,不特年光倒流,简直江河日下了。这一部二十五史真有不知从何说起之苦。

原来不乘人力车的,未必都在地上走,乘自行车怕人说是"车匪",马车早已没落,干脆,买汽车。这不但舒服阔绰,又得文明之誉,何乐不为?反之乘人力车的,一,比上不足,不够阔气,二,不知道时间经济,三,博得视人如畜的骂名,何苦?然则舍人用汽者,势也,其不舍人而用汽者,有志未逮也。全国若大若小布尔乔亚于民国二十四年元旦,一律改乘一九三五年式的美国汽车,可谓堂而皇之,猗欤盛哉,富强计日而待也,然而惨矣。

就乘者言之,以中夏有尽之膏腴塞四夷无穷之欲壑,亡国也就算了,加紧亡之胡为?其亦不可以已乎?此不可解者一也。夫囊中之钱一耳,非有恩怨亲疏于其间也,以付外汇则累千万而不稍颦其眉，稍颦其眉，则"寒伧"矣，不"摩登"矣。以付本国苦力，则个十位之铜元且或红其脸，何其颠倒乃尔？其悖谬乃尔？此不可解者二也。

就拉者言之，牛马信苦，何如沟壑？果然未必即填，而跃跃作欲填之势。假如由一二人而数十百人，而千万人，而人人，皆新其车，为"流线"，为"雨点"，……则另外一些人，沟壑虽暂时恕不，而异日或代之以法场，这也算他有自由么？这也算伊懂人道么？其不可解者三也。

我们西洋是没有轿子人力车的。洋车呼之何？则东洋车之缩短也，即我大日本何如你支那车多。故洋车者中国之车也，汽车者洋车也，必颠倒其名实，其不可解者四也。

古人惟知服牛乘马，以人作畜，本不为也，荆公之言犹行古之道也。然古今异宜，斯仁暴异矣。又今之慕古者能有几人，还是"外国人吃鸡蛋所以兄弟也吃鸡蛋"这句话在那边作怪。情钟势耀，忍俊不禁，彼且以为文野之别决于一言也，斯固难以理喻耳。

我主张有人力车，免得满街皆"汽"而举国为奴，犹之我主张有鸦片，以免得你再去改吃白面。

若尽驱拉车的返诸农工，何间然哉，而吾人坐自制的蹩脚汽车，连输比轸，动地惊天，招摇而过市，其乐也又甚大。想望太平，形诸寤寐，俟河之清，人寿几何。数十寒暑已得其半，则吾生之终于不见，又一前定之局也。

人力车夫的气分渐渐恶劣,许是真的,我想起妻今晨这一句说话。

1934年10月12日

随笔两则

大九州的梦

我近来不常写作,觉得没有什么好玩的,每承朋友们相劝,使我觉得为难了。为甚没得可说的,说来话多。在此只能提出一点:"已说的不想再说。"这应该不错,却使我搦笔踌躇了。

"好诗多被古人先"这个感觉可扩充于一般的文章。究竟古人说了些什么,我虽不大清楚,大概总无所不说罢。在浩如烟海的陈编中检出前人所已说而后我说,那就不须你说,没世穷年也无作文章之一日了。不翻检书卷呢,也不行,更会不自知地犯了重复地说话之过。

在这歧路之前,仔细思索,忽然有了。我的怀抱或不免与古人同,而我的境遇却不尽同于古人,且或大异,这一点倒似乎有把握的。先找出古人所未经历的事实,然后来发议论,意见仍或不免于陈腐,却可安安稳稳地躲开这雷同。我就是这个主意。

那末，咱们就来谈原子弹吗？这也不必。咱们国内近百年似乎发生了一桩大事。这惟一大事究竟是什么呢？即邹衍大九州的梦，太史公以为"闳大不经"的，一旦成为事实了，或誉为中西文化的交流，或谤为帝国主义的侵略，或曰用夷变夏，或曰世界大同，说法多歧，事实无异也。

这，聪明的古人纵然料得到，却没有经识过，就是说他们没有开眼，却让我们很巧的，或者很不巧的给真个碰上了。碰上了就没法。我们的生存将被它决定。我们生存的意义，假如有的话不得不在这里去找。我们无法踏着古人的脚迹，我们无法直用古人的成方，它们至多仅仅能给我们做参考而已。我们如何应付这的确地道空前的遭遇，它的方案，咱们得自个儿去找，而且所用方法又特别的笨，所谓"上一回当学一回乖"，我们必须以我们的族类邦国身家性命一堆儿作为孤注去和世界人去赌博，于是它们都姓了"碰"，碰得着是运气，碰不着则呜呼哀哉一瞑千古。无论如何，纵不采取任何的行动，我们得正视这悲壮且有点儿悲惨的定命。我们对于先民，对于来者又应感有一种沉沉的负荷，类似所谓责任心者。假如写文章应有这心情，不该为着兴趣。早已交代过，近来对于写作，我原是没有什么兴趣的。

我生的那一年

《兔爰》诗曰:"我生之初,尚无为,我生之后逢此百罹,尚寐无吪。"诗固甚佳,可惜又被他先做了去。我生在光绪己亥十二月,在西历已入一九〇〇,每自戏语,我是十九世纪末年的人,就是那有名的庚子年。追溯前庚子,正值鸦片战争,后庚子还没来,距今也只有十二个寒暑了。故我生之初恰当这百年中的一个转关,前乎此者,封建帝制神权对近代资本帝国主义尚在作最后的挣扎,自此以后便销声匿迹,除掉宣布全面投降,无复他途了。这古代的机构毁灭了,伴着它的文化加速地崩溃了,不但此,并四亿苍生所托命的邦家也杌陧地动摇着。难道我,恋恋于这封建帝制神权,但似乎不能不惦记这中国(文言只是个"念"字),尤其生在这特别的一年,对这如转烛的兴亡不无甚深的怀感,而古人往矣,异代寂寥,假如还有得可说的,在同时人中间,我又安得逢人而诉。

咱们还来谈谈这拳匪,史乘上的小喜剧,身受者却啼笑俱非,这个年头儿谁还对这义和团有兴味,那才怪。百分之九十九的神话,却有一分的真,值得我们注意的,这排外的心。我不说"排外"一定对,我也不说一定不对,当然更不会说像拳匪这办法对。但排外这事情自有它的真实性,不因其面貌的荒唐而有所消灭。且未必不是民意,虽然我那时候才一岁。不然,当朝的老太后和文武百官们不至于对那"神拳"

这样恭而敬之的。民意的可用与否是另一问题。韩非子说过，"民智之不可用犹婴儿之心也"。我刚刚听见咱们北平的街坊口里叨叨，怀念过去的"友邦"，又有人低低告诉我说"人心思汉"。我正在考虑他有无出席国民代表大会的资格。

排外这事情自然会发生的，假如真来欺侮咱们。谁能断言帝国主义者不像这隔壁阿三不曾偷那本来没有的三百两？我记得在这回北平沦陷期间，日本人及其同侪曾再四提出火烧圆明园这一案，来唤起我们对大英帝国的敌忾。我不好说啥。纵说，也不好说他们错。何以？这是事实。但由他喊"大东亚"喊得口干，咱们对这西洋朋友总特别地亲，真叫人没奈何。谁叫咱们有不念旧恶的泱泱大国之风。

又是闲话幽默，赶快回头傍岸。我并不赞成怀仇报复，若人们的歧视至于相斫，我也不想灭低拳匪的荒谬名声。我却敢明白地说，这抵抗的心不能算错。错在那里？错在它的过程。最明显的，以方法言，如以符咒避火器，可谓荒谬矣。但视为荒谬之顶点则可，说此谬种后来绝响，则不可。恁未免太性急乐观哩。譬如用关王的大刀、猴子的行者棒来抵御枪炮算错，那以大刀队来抵挡机关枪呢？你怎么说？以机关枪来抵挡原子炸弹呢？你又怎么说？岂非我们今日犹沉溺于此荒谬的巨渊中并不曾自拔，却无端以成败论人去讪笑那大师兄二师兄。此笑无乃近乎多事。有人说，以机关枪打来，我们以机关枪打回去，这不错了罢。却也难说，推而言之，原子弹来，必以原子弹往，你意以为如何？这问题牵涉得太广，离题亦太远，不好再拉扯了。

决心的排外，招来了八国联军，以后虽也曾排外，却没有这般大规模的。如清季的抵制美货，现在听这名词，似乎够新鲜。五卅事件的抗英，只昙花一现，连香港九龙的索还，今亦置之度外了。抗日心情虽比较长久点，然亦似疟疾间歇而作，收梢在北平结了个大倭瓜。庚子以前有戊戌年，后有辛亥年，戊戌之于庚子，正反成文，庚子之于辛亥，江河直下。到和议成，赔款定，清社之屋已为定局，只剩时间问题了，辛丑辛亥本相连续也。说清亡于民变，远不如说它亡于外患更为的确。戊庚辛三个年头，维新不成即守旧，守旧失败复维新，熬中翻饼，此后遂有民国，其实民和国都已吃了大亏，这中华民国从头就是三灾八难的。谁都知道，戊戌有清而辛亥无清，但事实上并不如是简单，远比这个重要，不仅关爱新觉罗一姓之兴亡也。也无暇为满洲人暗伤亡国，咱们的眼泪总有地方哭去的。不如说戊戌政变多少还有点自主的力，辛亥革命，于汉族难为光荣一面倒的局面，我知准有多少同志不大爱听哩。

经过庚子辛丑之变，由极端排外斗转而为彻底媚外，也不知九十度呢，还是一百八十度，向着对面点走去的罢。刚在神权夷酋面前爬起，又向帝国主义膝下跌倒。爬起也者还有点儿含蓄，事实上是就地打个滚而已。此即所谓百姓怕官，官怕洋人。这出戏自我堕地以来演到如今没有闲着，虽袍笏朱绯逐场换彩,而剧情一死儿不变,真有点吃勿消哩。洋大人的脸色,或者和蔼了些,(有人说,未必。)官儿们的派头,或更神气活现了,我纵有南亭亭长的笔墨,亦不知这新官场现形记,允许出版么?至于百姓怕官,更一直的原封弗动。看这情形,要官儿不怕洋人大概不很容易,百姓不怕官么,难说。到百姓不怕官又怎么样呢?那真的大时代就到了。是革命,不好听点也就是乱。本来么,咱们不会让百姓们老怕着官么,这办法妙极,我先前为什么倒不曾如此想过呵。

第三辑

史与文明

> 人好，世界自然好。但人如何能自然会好呢，有时须得同伴们去提醒他，这是"淑世"方法之一。……事功不必为我而成，风气不妨由我而开。

教育论

上

我不是学教育的,因此不懂一切教育学上的玩意儿。正惟其不懂,所以想瞎说,这也是人情。有几个人懂而后说呢?怕很少。这叫"饭店门口摆粥摊",幸亏世界上还有不配上饭店只配喝碗薄粥的人。我这篇论文,正为他们特设的,我自己在内不待言了。

既不曾学教育,那么谈教育的兴味从那里来的呢?似乎有点儿可疑。其实这又未免太多疑,我有三个小孩;不但如此,我的朋友也有小孩,亲戚也有小孩;不但如此,我们的大街上,小胡同口满是些吱吱呀呀咭咭咕的小孩子,兴味遂不得油然而生矣。——"兴味"或者应改说"没有兴味"才对。

我不是喜欢孩子的人,这须请太太为证。我对着孩子只是愁。从他们呱呱之顷就发愁起,直到今天背着交叉旗子的书包还在愁中。听说过大块银子,大到搬弄维艰的地步就叫做没奈何。依我看,孩子也者和这没奈何差杀不多,人家说这活该,谁叫你不去拜教育专家的门。(倒好像我常常去拜谁的门来。)

自己失学,以致小孩子失教,已经可怜可笑;现在非但不肯努力补习,倒反妒忌有办法的别人家,这有多么卑劣呢!不幸我偏偏有卑劣的脾气,也是没奈何。

依外行的看法,理想的教育方策也很简单,无非放纵与节制的谐和,再说句老不过的话,中庸。可惜这不算理论,更不算方法,只是一句空话罢了,世间之谐和与中庸多半是不可能的。真真谈何容易。我有一方案,经过千思万想,以为千妥万当的了,那里知道,从你和他看来,还不过是一偏一曲之见,而且偏得怪好笑,曲得很不通,真够气人的。

况且,教育假使有学,这和物理学化学之流总归有点两样的。自然科学的基础在试验,而教育的试验是不大方便的,这并非试验方法之不相通,只是试验材料的不相同。果真把小孩子们看作氧气,磷块,硫黄粉……这是何等的错误呢。上一回当,学一回乖,道理是不错;只在这里,事势分明,我们的乖决不会一学就成,人家却已上了一个不可挽回的大当,未免不值得呢。若说这是反科学,啊呀,罪过罪过!把小孩子当硫黄粉看,不见得就算不反科学。

谁都心里雪亮,我们的时代是一切重新估定价值的时代,除旧布新,正是必然之象,本不但教育如此,在此只是说到教育。我又来开倒车了,"楚则失之,而齐亦未为得也"。譬如贸贸然以软性的替代硬性的教育未必就能发展个性(说详本论下),以新纲常替代旧纲常,更适足自形其浅薄罢了。然而据说这是时代病，（病字微欠斟酌，姑且不去管它。）我安得不为孩子担心。又据说时代是无可抵抗的，我亦惟有空担心而已。我将目击他们小小的个性被时代的巨浪奥伏赫变矣乎。

正传不多，以下便是。我大不相信整个儿的系统，我只相信一点一滴的事实，拿系统来巧妙地说明事实，则觉得有趣，拿事实来牵强地迁就系统，则觉得无聊。小孩之为物也，既不能拿来充分试验的，所以确凿可据的教育理论的来源，无论古今中外，我总不能无疑，恐怕都是些饱食终日无所用心的人想出来的玩意儿。至于实际上去对付小孩子，只有这一桩，那一桩，头痛医头，脚痛医脚，除此似并无别法。只要是理论，便愈少愈好，不但荒谬的应该少，就是聪明的也不应该多。你们所谓理论，或者是成见的别名。——想必有人说，你的就事论事观岂不也是理论，也许就是成见罢？我说："真有你的。成见呢人人都有，理论呢未必都配，否则我将摇身一变而为教育专家，犹大英阿丽斯之变媚步儿也。"（见赵译本）

1929年3月16日

下

以下算是我的头痛医头脚痛医脚观，也是闲话（依鲁迅"并非闲话"例）。闲话不能一变而为政策乃事实所限，并非有什么不愿，否则，我何必说什么"银成没奈何"。

因此，我也不肯承认这是成见，"见"或有之，"成"则未也。说凡见必成（依有土皆豪，无绅不劣例），岂非等于健谈者唯哑吧，能文者须曳白乎？

人的事业不外顺自然之法则以反自然，此固中和中庸之旨说也。造化本不曾给我们以翅膀，如我们安于没翅膀，那也就了而百了。无奈我们不甘心如此，老想上天，想上天便不合自然。又如我只是"想"上天，朝也想，暮也想，甚而至于念咒掏诀召将飞符，再甚而至于神经错乱，念念有词："玉皇大帝来接我了！纯阳祖师叫哩！"这也未始不反自然，却也不成为文化。一定要研究气体的性质，参考鱼儿浮水，鸟儿翔空的所以然，方才有一举飞过大西洋，再举飞绕全世界的伟绩。这是空前的记录，然造成这记录的可能，在大自然里老早就有，千百年来非一日矣。若相信只要一个筋斗就立刻跳出佛老人家的手底心，岂非笑话。

举例罢了，触处皆是。在教育上，所谓自然，便是人性。可惜咱们的千里眼，天边去，水底去，却常常不见自己的眉睫，我们知道人性最少哩。专家且如此，况我乎。

在此冒昧想先说的只有两点。第一，人性是复合的，多方面的。若强分善恶，我是主张"善恶混"的。争与让同是人性，慈与忍同是人性，一切相对待的同是人性。吃过羊肉锅，不久又想吃冰激淋，吃了填鸭，又想起冬腌菜来，我们的生活，常在动摇中过去，只是自己不大觉得罢了。若说既喜欢火锅，就不许再爱上冰激淋，填鸭既已有益卫生，佛手疙瘩爱可恕不了。（然而我是不喜吃佛手疙瘩的。）这果然一致得可佩，却也不算知味的君子。依这理想，我们当承认一切欲念的地位，平等相看，一无偏向，才是正办。

第二，理想之外还有事实。假设善恶两端而以诸欲念隶之，它们分配之式如何呢？四六分三七分？谁四而谁六，谁三而谁七呢？这个堪注意。再说诸欲念之相处，是争竞是揖让呢？是冲突是调和呢？如冲突起来谁占优势，谁居劣败呢？这些重要的谜，非但不容易知道，并且不容易猜。

尝试分别解之。欲念的分配，大概随人而异。有骨有肉的都是人，却有胖瘦之别。有胖瘦，就有善恶了。所剩下的，只是谁胖谁瘦，谁善谁恶的问题。胖瘦在我们的眼里，善恶在我们的心中。"情人眼里出西施"。眼睛向来不甚可靠，不幸心之游移难定，更甚于眼。所以我们大可不必信口雌黄，造作是非，断定张家长李家短；我们也不必列欲念为范畴，然后 $a+b=c$ 这样算起来；我们更不必易为方程式，如 H_2O。这只有天知道。

它们相处的光景，倒不妨瞎猜一下。猜得着是另一问题。以常识言，它们总不会镇天价彬彬揖让哩。虽然吃素念佛的人同时可以做军阀，惟军阀则可耳。常在冲突矛盾中，我们就这样老老实实的招出来吧。至于谁胜谁负，要看什么情形，大概又是个不能算的。都有胜负的可能吧，只好笼统地说。

细察之，仿佛所谓恶端，比较容易占优势些。这话说得颇斟酌，然而已着迹象了，迥不如以前所说的圆滑。箭在弦上不得不发，盖亦苦矣。且似乎有想做孙老夫子私淑的嫌疑。以争与让为例，（争未必恶，让未必善，姑且说说。）能有几个天生的孔融？小孩子在一块，即使同胞姊妹，终归要你抢我夺的。你若说他们没有礼让之端，又决不然。只是礼让之心还敌不过一块糕一块饼的诱惑罢了。礼让是性，爱吃糕饼多多益善也是性，其区别不在有无，只在取舍。小孩子舍礼让而就争夺，亦犹孟老爹山东老，不吃鱼而吃熊掌也，予岂好吃哉，予不得已也。食色连文，再来一个美例，却预先讲开，不准缠夹二。二八佳人荡检逾闲，非不以贞操为美也，只是熬不住关西大汉，裙屐少年的诱惑耳。大之则宇宙，小之则一心，不是东风压倒西风，就是西风压倒东风，永远不得太平的。我们所见为什么老是西北风刮得凶，本性主之乎，环境使然乎，我们带了有色眼镜乎？乌得而知之！专家其有以告我耶？

准以上的人性观，作以下的教育论。先假定教育的目的，为人性圆满的发展。如人性是单纯的，那么教育等于一，一条直线的一；如人性是均衡的，那么教育等于零，一个圈儿的零，惟其人性既复杂而又不均衡，或者不大均衡，于是使咱们的教育专家为了难，即区区今日，以非教育家之身，亦觉有点为难了。

对于错综人性的控驭，不外两个态度：第一是什么都许，这是极端的软性；第二什么都不许，这是极端的硬性，中间则有无数阶段分列二者之下。硬性的教育总该过时了吧。——这个年头也难说。总之"莫谈国事"为妥。且从上边的立论点，即不批评也颇得体。在此只提出软性教育的流弊。即使已不成问题，而我总是眼看着没落的人了，不妨谈谈过时的话。

若说对于个性，放任即发展，节制乃摧残，这是错误的。发展与摧残，在乎二者能得其中和与否，以放任专属甲，摧残专属乙，可谓不通。节制可以害个性，而其所以致害，不在乎节制，而在节制的过度；反之，放任过度亦是一种伤害，其程度正相类。这须引前例，约略说明之。小孩子抢糕饼吃不算作恶，及其长大，抢他人的财物不算为善。其实抢糕饼是抢，抢金银布帛也是抢，不见有什么性质上的区别，只是程度的问题。所以，假使，从小到大，什么都许，则从糕饼到金银，从金银到地盘，从地盘到国家，决非难事。——不过抢夺国家倒又不算罪恶了，故曰"窃国者侯"。——原来当小孩子抢吃糕饼时，本有两念，一要抢一不要抢是也。要抢之念既占优势，遂生行为，其实不要抢之念始终潜伏，初未灭亡。做父母师长的，不去援助被压迫的欲念，求局面之均衡，反听其强凌弱，众暴寡，以为保全个性的妙策；却不知道，吃糕饼之心总算被你充分给发展了（实则畸形的发达，即变相的摧残），而礼让之心，同为天性所固有，何以独被摧残。即使礼让非善，争夺非恶，等量齐观，这样厚彼而薄此，已经不算公平，何况以区区之愚，人总该以礼让为先，又何惧于开倒车！

不平是自然，平不平是人为，可是这"平不平"的可能，又是自然所固有的，却非人力使之然。一切文化都是顺自然之理以反自然，教育亦只是顺人性之理以反人性。

说说大话罢哩，拿来包办一切的方案，我可没有。再引前例，小孩们打架，大欺小，强欺弱，以一概不管为公平，固然不对，但定下一条例，说凡大的打小的必是大的错，也很好笑。因为每一次打架有一次的情形，情形不同，则解决的方法亦应当不同，而所谓大小强弱也者，皆不成为判断的绝对标准。以争让言之，无条件打倒礼让与遏止争竞是同样的会错，同一让也而此让非彼让，同一争也而此争非彼争。以较若画一的准则控驭蕃变的性情，真是神灵的奇迹，或是专家的本领。

而我们一非神灵，二非专家，只会卑之无甚高论，只好主张无策之策，无法之法为自己作解，这就是头痛医头，脚痛医脚。平居暇日，以头还头，以脚还脚，大家安然过去，原不必预先订下管理大头和小脚的规则几项几款。若不幸而痛，不幸痛得厉害，则就致痛之故斟酌治之，治得好徼天之幸，治不好命该如此。自己知道腐化得可以，然而得请您原谅。

这也未始不是一块蛋糕，其所以不合流行的口味者，一是消极，二是零碎。它不曾要去灌输某种定型的教训，直待问题发生，然后就事论事，一点一滴的纠正它，去泰，去甚，去其害马者。至于何谓泰，何谓甚，何谓害马者，一人有一人的见解，一时代有一时代的口号——是否成见，我不保险。我们都从渺若微尘的立脚点，企而窥探茫茫的宙合。明知道这比琉璃还脆薄，然而我们失却这一点便将失却那一切，这岂不是真要没落了；既不甘心没落，我们惟有行心之所安，说要说的话。

是《古文观止》的流毒罢，我至今还爱柳宗元的"驼子传"。他讲起种树来，真亲切近人，妩媚可爱，虽然比附到政治似可不必。我也来学学他，说个一段。十年前我有一篇小说《花匠》①，想起来就要出汗，更别提拿来看了，却有一点意见至今不曾改的，就是对于该花匠的不敬。我们走进他的作坊，充满着龙头，凤尾，屏风，洋伞之流，只见匠，不见花，真真够了够了。我们理想中的花匠却并不如此，日常的工作只是杀杀虫，浇浇水，直上固好，横斜亦佳，都由它们去；直等到花枝戳破纸窗方才去寻把剪刀，直到树梢扫到屋角方才去寻斧柯虽或者已太晚，寻来之后，东边去一尺，西边去几寸，也就算修饰过了。时至而后行，行其所无事，我安得如此的懒人而拜之哉！

1929年3月18日，北京。

---

① 此文后曾蒙鲁迅先生收入《中国新文学大系》"小说"部分中。甚为惶愧。

析"爱"

名能便人，又能误人。何谓便？譬如青苍苍在我们头上的，本来浑然一物，绝于言诠；后来我们勉强叫它做"天"。自有天这一名来表示这一种特殊形相，从此口舌笔墨间，便省了无穷描摹指点的烦劳了。何谓误？古人所谓"实无名，名无实"①，自是极端的说法。名之与实相为表里，如左右骖；偶有龃龉，车即颠覆。就常理而言，名以表实；强分析之始为二，其实只是一物的两面，何得背道而驰呢？但人事至赜；思路至纷，名实乖违竟是极普遍，极明确的一件事了。每每有一名含几个微殊——甚至大殊的实相的；也有一实相具多数的别名的。此篇所谈的爱，正是其中的一个好例。因名实歧出而言词暧昧了，而事实混淆了，而行为间起争执了。故正名一道，无论古今中外，不但视为专科之业，且还当它布帛米菽般看待。即如敝国的孔二先生，后人说他的盛德大业在一部断烂朝报式的《春秋》上，骤听似伤滑稽。我八岁时读孟子到"孔子成《春秋》而乱臣贼子惧"，觉得这位孟老爹替他太老师吹得

---

① 《列子·杨朱篇》。

实在太凶。《春秋》无非是在竹片上画了些乱七八糟的痕迹，正和区区今日属稿的稿纸不相上下，既非刀锯桁杨，更非手枪炸弹，乱臣贼子即使没有鸡蛋般的胆子，亦何惧之有？或者当时的乱臣贼子，大都是些"银样镴枪头"也未可知。若论目今的清时盛世，则断断乎不如此的。

但在书生的眼中，正名总不失为有生以来的一桩大事。孔丘说："必也正名乎？"我们接说："诚然！诚然！"只是一件，必因此拉扯到什么"礼乐刑罚"上面去，在昔贤或者犹可，在我辈今日则决不敢的。断断于一字一名的辨，而想借此出出风头包办一切，真真像个笑话。依我说，这种考辨仿佛池畔蛙鼓，树梢萤火，在夏夜长时闹了个不亦乐乎，而其实了不相干的。这好像有点自贬。但绿蛙青萤尚且不因此而遂不闹了，何况你我呢。下面的话遂不嫌其饶舌了。

咱们且挑一个最习见的名试验一下罢。自从有洋鬼子进了中国，那些礼义廉耻，孝悌忠信……即使不至于沦胥以丧，也总算不得时新花样了。孔二先生尚以"圣之时者"的资格，享受两千年的冷猪肉，何怪现在的上海人动辄要问问"时不时"呢。所谓仁者爱人，可见仁亦是爱的一种，孔门独标榜仁的一字；现在却因趋时，舍仁言爱。区区此衷，虽未能免俗，亦总可质之天日了。（但在禁止发行《爱的成年》——甚至波及《爱美的戏剧》那种政府的官吏心目中，这自然是冒犯虎威的一桩大事。）

恐怕没有比这个字再出风头的了，恐怕没有比这个字再通行的了，恐怕没有比这个字再受糟蹋的了。"古之人也"尚且说什么博爱兼爱；何况吃过洋药的，崭新簇新的新人物，自然更是你爱我爱，肉麻到一个不亦乐乎。其实这也稀松大平常，满算不了怎么一回大事。每逢良夜阑珊，猫儿们在房上打架；您如清眠不熟，倦拥孤衾，当真的侧耳一听，则"迷啊呜"的叫唤，安知不就是爱者的琴歌呢。——究竟爱的光辉曾否下逮于此辈众生？我还得要去问问behaviourists，且听下回分解。我在此只算是白说。——上边的话无非是说明上自古之圣人，今之天才，下至阿黄阿花等等，都逃不了爱根的羁缚。其出风头在此，其通行在此，其受糟蹋亦在此。若普天下有情人闻而短气，则将令我无端的怅怅了。

上也罢，下也罢，性爱初无差等；即圣人天才和阿黄阿花当真合用过一个，也真是没法挽回的错误。分析在此是不必要的。这儿所说的爱，是用一种广泛的解释，包含性爱在内，故范围较大。我爱，你爱，他爱，名为爱则同，所以为爱则异。这就是名实混淆了，我以为已有"正"的必要了。我们既把"爱"看作人间的精魂，当然不能使"非爱"冒用它的名姓，而腼然受我们的香火。你得知道，爱的一些儿委曲要酝酿人间多少的惨痛。我们要歌咏这个爱，顶礼这个爱，先得认清楚了它的法相。若不问青红皂白，见佛就拜，岂不成了小雷音寺中的唐三藏呢？[①]

此项分析的依据不过凭我片时的感念，参以平素的观察力，并不是有什么科学的证验的。自然，读者们如审察了上边胡说八道的空气，早当付之一笑，也决不会误会到这个上面去的，我以为爱之一名，依最普通的说法，有三个歧诠：（一）恋爱的爱；（二）仁爱的爱；（三）喜爱的爱。它们在事实上虽不是绝对分离地存在着，但其价值和机能迥非一类。若以一名混同包举，平等相看，却不是循名责实的道理。下边分用三个名称去论列。

恋是什么？性爱实是它的典型（typical form）。果然，除性爱以外，恋还有其他的型，如肫挚的友谊也就是恋之一种，虽然不必定含性的意味。恋是一种原始的行动，最热烈的，不受理性控制的，最富占有性的，最aggressive的。说得好听点，当这境界是人己两泯，充实圆足，如火的蓬腾，如瀑的奔放，是无量精魂的结晶，是全生命的顶潮。说得不好听点，这就是无始无名的一点痴执，是性交的副产物，人和动物的一共相。恋之本身既无优劣，作如何观，您的高兴罢。

它的特色是直情径行，不顾利害，不析人我。为恋而牺牲自己，固然不算什么；但为恋而损及相对方，却也数见不鲜的。效率这个观念，在此竟不适用。恋只是生命力的无端浪

---

① 《西游记》第六十五回。

费，别无意义可言，别无目的可求。使你我升在五色云中，是它的力；反之，使你我陷入泥涂亦未始非它所致。它是赏不为恩，罚不为罪的；因所谓赏罚，纯任自然，绝非固定不变，亦非有意安排下的。有人说恋是自私的情绪，我以为是不恰当的。在白热的恋中融解了，何有于人我相？故舍己从人算不得伟大，损人益己算不得强暴。即使要说它自私，也总是非意识的自私罢。权衡轻重，计较得失，即非恋的本旨了。若恋果如此，非恋无疑。

有明哲的审辨功夫的，我们叫它为仁，不叫它为恋的。明仁的含义初不必多引经据典，只是"己所不欲勿施于人"[①]这个解释便足够了。在先秦儒家中有两个习用的名，可以取释这差别的，就是恋近乎忠，仁近乎恕。忠是什么？是直。恕是什么？是推。一个无所谓效率，一个是重效率的。如我恋着您，而您的心反因此受伤，这是我所不能完全任咎的。但我如对您抱着一种仁爱的心，而丝毫无补于您，或者反而有损，这就算不得真的仁者了。强要充数，便是名实乖违了。仁是凭着效果结账的，恋是凭着存心结账的。心藏于中不可测度，且其究竟有无并不可知；所以世上只有欺诳的恋人，绝无欺诳的仁者。没有确实仁的行为，决不能证明仁的存在。恋则不然。它是没有固定的行径的。给你甜头固然是它，给你吃些苦头安知不是

---

① 《论语》第十五章。

它呢？若因吃了苦便翻脸无情了，则其人绝非多情种子可知。双方面的，单方面的，三角形的，多角形的同是恋的诸型，同为恋的真实法相，故恋是终于不可考量的。水的温冷惟得尝者自知，而自知又是最不可靠的，于是恋和欺诳遂终始同在着。恋人们宁冒这被诳的险，而闯到温柔乡中去。由此足以证"恋是生命力的无端浪费"这句话的确实不可移了。

有志于仁的见了这种浪子，真是嘴都笑歪了。他说，那些无法无天的混小子懂得什么成熟的爱。爱不在乎你有好的心没有，（我知道你有没有呢！）而在乎你有好的行为没有。在历程之中要有正当的方法，在历程之尾要有明确的效果。这方算成立了爱的事实。您要和人家要好，多少要切实给他一点好处，方能取信；否则何以知道你对他有好感呢？即使你不求人知，而这种Plato式的爱有什么用呢？这番话被恋人们听见了，自然又不免摇头叹息。"这真是夏虫不可与语冰啊！"

其实依我说，仁确是一种较成长的爱根，虽不如恋这般热烈而迫切。无疑，这是人类所独有，绝不能求之于其他众生间的。它是一种温和的情操，是已长成的，是有目的，有意义的，是能切实在人间造福的。它决没有自私的嫌疑，故它是光明的；它能成己及物，故它是完全的；当它的顶潮，以慎思明辨的结果而舍己从人，故它是伟大的。所谓博爱兼爱这些德行，都指这一种爱型而言，与恋爱之爱，风马牛不相及的。

以恋视仁,觉得它生分凡俗;以仁视恋,觉得它狭小欺诳;实则都不免是通蔽相妨之见。我们不能没有美伴良友,犹之我们不能离开社会一样。对于心交还要用权衡,固然损及浑然之感。对于外缘,并权衡亦没有了,动辄人己两妨,岂不成了大傻瓜了吗?在个人心中,恋诚然可贵,而在家庭社会之间,仁尤其要紧。慈的父母,孝的儿女,明智的社会领袖,都应当记得空虚的好心田是不中用的,真关痛痒的是行为。要得什么果子,得先讲讲怎么样栽培。方法和效验不可视为尘俗的。

原来超利害的热恋,只存在于成熟的心灵们互相团凝的时候。这真是希有的畸人行径,一则要内有实力,二则要外有机会,绝不是人人可行,时时可行的。我们立身行事,第一求自己能受用,第二求别闹出笑话;可行方行,可止即止,不要鲁莽灭裂,干那种放而不收的事。一刹那的热情固可珍重,日常生活中理性控制着的温情更当宝贵。——且自安于常人罢。譬如布帛菽米,油盐酱醋,家家要用,而金刚石只在皇冕上,贵妇人发际炫耀着。一样的有用(需要即是用)。但所用不同。一样的可贵,但所以贵不同。常与非常本无指定的高下。就一般人说法,适者为贵,则常之声价每在非常之上。虽圣人复生,天才世出,不易斯言。

恋与仁虽是直接间接的两型,而都属于爱的范畴内。喜便不然了。喜爱连称,但喜实非爱。明喜非爱,并非难事,举一例便知。顾诚吾君说：

> 谢太傅问诸子侄："子弟亦何预人事而正欲使其佳？"诸人莫有言者。车骑答曰："譬如芝兰玉树，欲使生于庭阶耳。"（《世说新语》）——拿子弟当做芝兰玉树，真是妙不可言。试看稍微阔绰的人家，谁不盼望"七子八婿""儿女成行"，来做庭前的点缀！但一般普通人家，固不能一例说。他们的观念只是"养儿防老，积谷防饥"。不拿子弟做花草，却拿儿子做稻麦了。上一个不过是抚摩玩赏的美术品，后一个却是待他养命的实用品了。（《新潮》二卷四号六七九页）

芝兰玉树罗列庭阶，可喜之至了；但何预于爱？无意中生了儿子却可用他来"防老"，可喜之至了；但何预于爱？若以这些为爱，则主人对于畜养的鸡猫鹰犬，日用的笔墨针线，岂非尽是欢苗爱叶了？通呢不通？

更可举一可笑之实例，以明喜爱之殊。如男女们缔婚，依名理论，实为恋的事情，而社会上却通称"喜事"。所可喜者何？无非男的得了内助，女的得了靠山，在尊长方面得人侍奉，在祖宗方面得有血食。子子孙孙传之无穷，而"不孝有三，无后为大"之惧可以免夫！一言蔽之，此与做买卖的新开张，点起大红蜡烛，挂起大红联幛时之喜，一般无二。

因性质同，故其铺排，陈设，典礼无不毕同。一样的大红蜡笺对联，无非一副写了"某某仁兄大人嘉礼"，一副写了"某某宝号开张之喜"罢了。有何不同？有何不同！其实呢，您如精细些，必将发见其中含有喜剧的错误，甚至于悲剧的错误呢。只因喜与恋一字之差，而普天下之痴男怨女，每饮恨吞声，至于没世而不知所以然。谁为为之？孰令致之？大家都说不出来，于是大家依样画葫芦罢，牵牵连连的随入苦狱，且殃及于儿女罢。红红绿绿，花花絮絮的热闹，我每躬逢其盛，即不禁多添一番惆怅，一种寥寂。在大街上，如碰见抬棺材的，我心中不自主的那么一松；如碰见抬花轿的，我就心中那么一紧。弛张的因由，我自己亦说不清楚，总之，当哀不哀，当乐不乐，神经错乱而已。在名实乖违的世界上，住一个神经错乱的我，您难道不以为然吗？

闲话少说。试比较论之，恋在乎能人我两忘，仁在乎能推己及人，喜则在乎以人徇己。恋人的心中，你即我，我即你。仁人的目中，你非我而与我等，与我同类。若对于某物的喜悦，只是"你是我的，你是为我的"这点计较心，利用心而已。有何可喜？你为我所有，为我所用，为我作牛马，为我作点缀品等因故。反之，你不然，则变喜成怒，变亲成仇，信为事理之当然了，何足怪呢！这种态度以之及物，是很恰当的。掉了一颗饭米，担心天雷轰顶；走一步道，怕踹死了蚂蚁致伤阴骘；像这种心习真是贤者之过了。泛爱万物，我只认为一种绮语而已。但若用及物的态度来对待人，甚至于骨肉之亲，则不免失之过薄，且自薄了。名实交错，致喜爱不分。以我的喜悦施于人，而责人以他的爱恋相报；不得，则坐以不情之罪。更有群盲，不辨黑白，从而和之。一面胁制弱者使他不及知，使他知而不敢言。这真是锻炼之狱！

依我断案，这不仅是自私，且是恶意的自私；不仅是欺诳，且是存心的欺诳；不仅是薄待某一个人，且是侮辱一切人（连他自己在内）；不仅是非爱，且是爱的反对。以相反的实，蒙相同的名，然后循名责报，期以必得；不得，则以血眼相视，而天下的恶名如水赴壑，终归于在下者。用这种方术求人间的安恬，行吗？即使行，心里安吗？即使悍然曰安，能久吗？"正名""正名"的呼声，原无异于夏蝉秋虫。但果真有人能推行一下，使无老无幼，无贤无愚，无男无女，饮食言动之间，一例循名责实，恐怕一部二十四史都要重新写过才好呢。说虽容易，不过这个推一下的工夫，自古以来谁也做它不动。我们也无非终于拥鼻呻吟而已。

所谓"言各有当"，恋以自律（广义的我），仁以待人，喜以及物，是不可移置的。以恋待人失之厚，及物则失之愈厚；以喜待人失之薄，律己则失之愈薄。报施之道亦然。名实相当，得中，则是；相违，过犹不及，则非。名实违忤至今日已极，以致事无大小，人无智愚，外则社会，内则家庭，都摇摇欲坠，不可终日似的。爱之一名在今日最为习见，细察之，实具直接的和间接的两型,机能互异;而喜且为貌似的赝品;以这两种因由,我作"析爱"一文。

1924年6月21日作于西湖俞楼

读《妇女解放新论》书后

（英国蒲士著　刘英士译本　新月书店出版）

我向不会做书评，我又讨厌读后感这个名词。

因为守着我父亲的教训，自来不敢做什么关于妇女问题的文字，说错了实在糟心。此问题又牵涉得太广了，说得不错实在难。前几天偶然走到新月书店，偶然买了这本小书，偶然把它看完了。读后之影响，是"先得我心"，正是我要说而不大敢说又不大说得好的话；于是姑且违背庭训，在此饶舌。

我在此先介绍这本书，而书中的大意，不消重述了。译笔的信不信，我不知道，我没有把原文校对过，或者没有什么错吧。我在这儿提出几点，请大家想一想，想了之后再看这本书。事实上呢，这几点许就是重述。

你相信男尊女卑的观念否？你如不相信，就得考虑这个情形：为什么现在男人不跟女人学，（旦角们是例外，除掉新旧名士们认她为国粹。）女人却跟男人学？学于某人，可证明重视某人；不学于某人，并不证明轻视某人。所以男不学女，不足为男人心中"女卑"的证据，他或者是不想学，他或者学不像。（男人是否在传统上轻视女子另一问题。）至于女学男，却足证女人心中始终以为"男尊"。为什么抱着"男尊"的观念是解放的条件呢？更为什么不抱这"男尊"观念，就不能解放呢？

这就是道理上讲，事实上也讲不通。凡历来认为内职的，摩登女子们（姑且让我用这顶讨厌的名词一次！）都不屑做，然则谁去做，谁该去做呢？世界上只有两种人，一种是男人，一种是女人，（你看，多么新鲜的发明！）女人不做，大概要男人去做了。但在这里所碰见的问题，不是屑或不屑，而是能与不能。这一大堆婆婆妈妈的工作莫非真不消做得吗？我也不知道。我只希望你在注重由种族所生的文明以外，更兼顾一下种族的本身。

女人加入男人淘里去工作，抢他的饭碗，在社会事业的本身上，有什么好处呢？男女的生计竞争，假设在三种情形之下：（一）女不如男；（二）男女的干才均等；（三）男不如女。无论是那一种情形，我都不曾看见这种竞争的社会价值；就算有价值，恐怕也须支付更多的代价。女不如男，男人的分内事，女人帮什么忙？男女一样，有了男人也就够了，何必定要女人？只有女胜于男，这是值得想的情形，女人在此情形下活跃，对于某事业的本身却有了意义，但我们要问对于其他事业上有无相反的意义。正负相销，万一负多于正，这项积极的意义是否依然尚在？

现在设一个极简单化的比喻。世上只有一男一女，如亚当夏娃，男的是干银行，女的是弄小囡，而他们工作的效率，数目同是十。忽然有天发见女的是管理银行的天才，她去代了她丈夫的职位。后来居然证明这发见的不错，原来数目是十的现在进为十二了。好像这公母俩一定大得意，十加十二一定等于二十二。殊不知道叫男人去弄小囡，非但不是十，甚而至于不是一，甚而至于不是零，甚而至于负。所以这工作的总和，从前安安稳稳是二十的，现在并十二也难保了。那么，所谓崭新的发见其价值何在呢？算不算错呢？他们的确发见了一条新奇可喜的道理，女人会干银行，同时却忘记了一条平淡而重要的事实——男人不会管小孩子。

因为社会的机体繁复，这个女人不干她的本行，可以让别一个女人去干，不必真劳男人的大驾，这种滑稽的悲剧往往不大看得出。其实算来算去，这笔损失终归是有的。人数多了，一方面可以通融补救，一方面却造成更大的错误，给民族以严重的威胁。所以妇女解放（依一般的解释）其最大的困难不在女人不能做男人的事，却在男人不能做女人的事。天下的事总得有人做的，尸祝固属光荣，庖丁也颇重要，女人不甘心老在厨房内整理三牲福物也要跑来代表神祇，受点香烟，我们男人十二分的同情，一百分的肯让步，无奈天不让我们做厨子耳。等到三牲福物都拿不上来，尸祝的工架岂不就完了。就在那本书上说得好："须知那个命令妇女们去专管生男育女的真主宰不是作威作福的男子！这是天造地设的真实局面，人力不能改

变。"（译本二二四页）

女人为什么时时想越职呢？一方面是个人主义的急进，一方面是社会制度的错误。请先言后者。我们工作的价值，只是报酬，只是金钱；金钱就是名誉。可怜所谓女人的工作是没得报酬的，从前还有名，现在连虚名也没有了，反博得一个腐败。何苦？谁干？所以女人解放自己的妙法，第一是学男人，这个错误实在是可同情的。但是，我们要想，报酬与金钱真足以证明工作的价值吗？人世有价值的工作都给了报酬没有？给了够多的分量没有？如果是不公平的，那么，应该怎么样？我们需要直接痛快的校正。我主张径行提高女人工作的价值，却不主张她们换点工作做。（自然，我也和此书著者一样，不反对少数女子加入我们的队伍，甚而至于从军。）

这种的改革不知何时才来，以经济的困穷，家庭的破碎，思想的激进，却把姑娘太太们直往相反的路上拉。其结果如何，我占卜不出，且听下回分解。在制度未变以前，大家总不会安心做自己的事，而强迫女人们在家庭里受苦，无乃不合人情。而且这个年头，谬误的个人主义更加流行着，所以说什么牺牲克己等等，永不会受人欢迎。女性假使一切跟着自然的命令行事，在不合理的社会中间，得受甚深的苦难。当传统的美德渐趋没落的时候，我们对女人不应期望得太多。我不相信她们会着眼于辽远的种族社会，而决然放弃安富尊荣的个人主义，金钱主义，虽然这种反自然的举动归根也得不到什么幸福的。女人的地位实在是两难。

废话已说得很多,或者在那本书上明白地暗暗地都有过了,读者参阅自知。在这年头,说这类保守顽固的话原非挨骂不可,父亲的庭训的确也有点道理,赶快打住罢。

此书原名《妇女与社会》,译本改今名,在他的序上曾说明理由,并自谓"尚属曲而能达",但我觉得书籍同名也并不要紧,而《妇女解放新论》一名或者能招揽顾客,却未免有点庸俗,不知译者以为如何。

1932年1月17日

文学的游离与其独在

环君曾诉说她胸中有许多微细的感触,不能以言词达之为恨。依她的解释,是将归咎于她的不谙习文章上的技工。这或者也是一般人所感到的缺憾罢。但我却引起另一种且又类似的惆怅来。我觉得我常受这种苦闷的压迫,正与她同病啊。再推而广之,恐怕古今来的"文章巨子"也同在这网罗中挣扎着罢。"书不尽言,言不尽意",实是普遍的,永久的,不可弥补的终古恨事。

再作深一层的观察,这种缺憾的形成殆非出于偶然的凑拍,乃以文学的法相为它的基本因。不然,决不会有普遍永久性的。这不是很自然的设想吗?创作时的心灵,依我的体验,只是迫切的欲念,熟练的技巧与映现在刹那间的"心""物"的角逐,一方面是追捕,一方面是逃逸,结果总是跑了的多。这就是惆怅的因由了。永远是拼命的追,这是文学的游离;永远是追不着,这是文学的独在。

所以说文学是描画外物的,或者是抒写内心的,或者是表现内心所映现出的外物的,都不免有"吹"的嫌疑。他们不曾体会到伴着创作的成功有这种缺憾的存在,他们把文学看成一种无所不能的奇迹，他们看不起刹那间的灵感，他们不相信会有超言文的微妙感觉。依他们的解释，艺术之宫诚哉是何等的伟大而光荣；可是，我们的宇宙人间世，又何其狭小，粗糙而无聊呢？他们不曾细想啊。这种夸扬正是一种尖刻的侮蔑。最先被侮蔑的是他们自己。

既知道"美景良辰"只可以全心去领略，不能尽量描画的；何以"赏心乐事"就这样轻轻容易的一把抓住呢？又何以在"赏心乐事"里的"良辰美景"更加容易寻找呢？我希望有人给一个圆满的解答。在未得到解答以前，我总信文学的力是有限制的，很有限制的，不论说它是描画外物，或抒写内心，或者在那边表现内心映现中的外物。它这三种机能都不圆满；故它非内心之影，非外物之影，亦非心物交错之影，所仅有的只是薄薄的残影。影的来源虽不外乎"心""物"诸因子的酝酿；只是影子既这么淡薄，差不多可以说影子是它自己的了。文学所投射的影子如此的朦胧，这是所谓游离；影子淡薄到了不类任何原型而几自成一物，这是所谓独在。不朽的杰作往往是一篇天外飞来，未曾写完的残稿，这正是所谓"神来之笔"。

我的话也说得太迷离了，不易得一般的了解。所成就的作品既与创作时的心境关联得如此的不定而疏远，它又凭什么而存在呢？换句话说，它已是游离着且独在了，岂不是无根之花，无源之水，精华已竭的糟粕呢？若说是的，则文艺之在人间，非但没有伟大的功能，简直是无用的赘疣了。我遭遇这么一个有力的反驳。

其实，打开窗子说亮话，文艺在人间真等于赘疣，我也十分欣然。文艺既非我的私亲，且赘疣为物亦复不恶，算得什么侮辱。若以无用为病，更将令我大笑三日。我将反问他，吃饭睡觉等等又何用呢？可怜人类进步了几千年，而吃饭睡觉等的正当用途至今没有发明。我们的祖宗以及我们，都不因此灰心短气而不吃不睡，又何必对于文艺独发呆气呢。文艺或者有它的该杀该剐之处，但仅仅无用决不能充罪状之一，无论你们如何的深文周纳。

闲话少说。真啰嗦啊！我已说了两遍，文学是独在的，但你们还要寻根究底，它是凭什么存在的。大家试来评一评，若凭了什么而存在，还算得独在吗？真不像句话！若你们要我解释那游离和独在的光景，那倒可以。我愿意详详细细地说。

"游离"不是绝缘的代词；"独在"也只是比况的词饰。如有人说是我说的，文学的创作超乎心物的诸因；我在此声明，我从未说过这类屁话，这正是那人自己说的，我不能替他顶缸。我只说创作的直接因是作者当时的欲念，情绪和技巧；间接因是心物错综着的，启发创作欲的诱惑性外缘。仿佛那么一回事，我为你们作一譬喻。

一个小孩用筷子夹着一块肉骨头远远的逗引着。一条小哈叭狗凭着它固有的食欲，被这欲念压迫后所唤起的热情，和天赋兼习得觅食的技巧,一瞥见那块带诱惑性的肉,直扑过去。这小儿偏偏会耍,把肉拎得高高的,一抖一抖的动着。狗渐人立了,做出种种抓扑跳跃的姿态。结果狗没吃着肉,而大家白看狗耍把戏,笑了一场。故事就此收场。

我们是狗化定了,那小儿正是造化,嘻笑的众宾便是当时的读者社会和我们的后人。你说这把戏有什么用?可是大家的确为着这个开了笑口。替座上的贵客想,好好的吃饭罢,何必去逗引那条狗,那是小儿的好事;但这小儿至少不失为趣人。至于狗呢,不在话下了,它是个被牺牲者,被玩弄者而已。它应当咒诅它的生日,至少亦曳尾不顾而走,才算是条聪明特达的狗。若老是恋恋于那块肉骨头,而串演把戏一套一套的不穷,那真是狗中之下流子了;虽然人们爱它的乖巧,赞它为一条伟大的狗。您想想,狗如有知,要这种荣誉吗?我不信它会要。

所谓文学的游离和独在,也因这譬喻而显明了。肉骨头在小孩子手中抖动,狗跟着跳,那便是游离。狗正因永吃不着肉骨头而尽串把戏,那便是独在。若不幸那小孩偶一失手,肉骨头竟掉到狗嘴里去,狗是得意极了,聒聒然自去咬嚼;然座上爱看狗戏的群公岂不怅然有失呢。换言之,若文学与其实感的竞赛万一告毕,(自然,即万一也是不会有的。)变为合掌的两股,不复有些微不足之感,那就无所谓文学了。我故认游离与独在是文学的真实且主要的法相。

还有一问题，这种光景算不算缺憾呢？我说是，又说不是。读者不要怪我油滑，仍用前例说罢。从狗的立场看，把戏白串了不算，而肉骨头也者终落于渺茫，这是何等的可惜。非缺憾而何？若从观众和小儿的立场看，则正因狗要吃肉而偏吃不着，方始有把戏。狗老吃不着，老有把戏可看，那是何等的有趣，又何用其叹惜呢。我将从你的叹惋与否，而决定您的自待。

以下再让我说几句狗化的话罢，正是自己解嘲的话。所谓文学的游离有两种不同的来源：（一）由于落后——实感太微妙了，把捉不住。这正如以上所说的。（二）由于超前——实感太平凡粗笨了，不值得去把捉。前一个是高攀不上，后一个是不肯俯就。虽有时因文学技工的庸劣，而创作物与实感游离了；却也有时因它的高妙，使创作物超越那实感。在第二意义上，我们或者可以有相当的自喜，虽然这种高兴在实际上免不了"狗化"。

春花秋月，……是诗吗？不是！悲欢离合，是诗吗？不是！诗中所有诚不出那些范围，但是仅仅有那些破铜烂铁决不成为一件宝器。它们只是诗料。诗料非诗，明文学的料绝非文学。

我们看了眉月，这么一沉吟，回溯旧踪，那么一颦蹙，是诗吗？不是！见宿树的寒鸦，有寂寞之思，听打窗的夜雨，有凄清之感，是诗吗？不是！这种意境不失为诗魂，但飘渺的游丝，单靠它们却织不成一件"云裳"的。它们只是诗意。诗意非诗，明文学的意境绝非文学。

实在的事例，实在的感触都必经过文学的手腕运用了之后，方成为艺术品。文学的技工何等的重要。实感的美化，在对面着想，恰是文学的游离。我试举三个例。

譬如回忆从前的踪迹，真是重重叠叠，有如辛稼轩所谓"旧恨春江流不尽，新恨云山千叠"似的；但等到写入文章，却就不能包罗万象了，必有取舍。其实所取的未必定可取，所舍的未必须舍，只是出于没奈何的权宜之计。选择乃文学技工之一；有了它，实感留在文学作品里的，真真寥寥可数。所召集的是代表会议，不是普通选举了。

又如写一桩琐碎或笨重的事，不能无减省或修削之处；若原原本本，一字不易，就成了一本流水账簿，不成为文章。奏了几刀之后，文章是漂亮多了，可是原来的样子已若存若亡了。剪裁又是重要的技工。

平平常常的一个人，一桩事据实写来不易动人听闻，必要在它们身上加了些大青大绿方才快心。如宋玉之赋东家子，必要说"增之一分则太长，减之一分则太短"。其实依拙劣的我们想，宋先生贵东邻小姐的身个儿，即使加减了一二分的高矮，似乎亦决不会损害她的标致。然而文章必这么写，方才淋漓尽致，使后人不敢轻易菲薄他的理想美人。这是何等有力的描写。夸饰比如一面显微镜，把肉眼所感都给打发走了；但它也是文章的重要技工。

不必再举别的例证了,你在修辞学上去看,那些用古古怪怪的名词标着的秘诀,那一个不是在那边无中生有,将小作大的颠倒着。再作一个比方:吃饭的正当形式,只是一口一口的咬嚼而已;然而敝中国的古人有"一献之礼,宾主百拜"的繁文缛节,即贵西洋的今人到餐室里去,亦必端端正正穿起礼服来。我们细想,这是干吗?"丑人多作怪!"但同时就不免有人赞叹着,说它们所表现的是文明,是艺术哩。

各人的地位不同,因而看法不同,因而所见不同;这是不能,且不必强同的。我也不必尽申诉自己的牢骚,惹他人的厌烦。单就文艺而论文艺,技工在创作时之重要初不亚于灵感。文艺和非文艺之区别间,技工正是一重要的属性。我们因此可以明白真的啼笑何以不成为艺术;而啼着笑着的 model,反可以形成真正的艺术品。这并非颠倒,是当然的真实。

我们可以说,一切事情的本体和它们的抄本(确切的影子)皆非文艺;必须它们在创作者的心灵中,酝酿过一番,熔铸过一番之后,而重新透射出来的(朦胧的残影),方才算数。申言之,natura算不了什么,人间所需要的是artificial。

创造不是无中生有,亦不是抄袭(即所谓写实),只是心灵的一种搅扰,离心力和向心力的角逐。追来追去,不落后,便超前,总走不到一块儿去;这是游离。寻寻觅觅,终于扑个空,孤凄地呆着;那是独在。我们觉得被实感拉下了,不免惆怅；若觉得把实感给拉下了，那便骄矜；实在都沾点滑稽的幻觉，说不出什么正当缘由来。万古常新，千秋不朽的杰作，论它的究竟，亦不过狗抓肉骨头而不得（不足），人想交合而先相对鞠躬（有余），这一类把戏而已。我们对于它们，固然不屑赞扬，却也不可咒诅。（赞扬和咒诅都是把戏之流，我们何敢尤而效之。）沉默是顶好的道路，我说。——安于被玩弄也是顶好的道路，我又说。

1925年3月3日作于北京

《近代散文钞》[①]跋

启无叫我为这书作跋,于我倒是有意思的事情,对于启无却未必。夫明清诸大家的文字很会自己说话的,何用后生小子来岔嘴;其不可一也。对景挂画虽好,班门弄斧则糟;其不可二也。当这年头儿来编印此项文件,已经有点近乎自暴自弃,何况去找压根儿未尝"浮起"的人来做序跋,这简直有意自己做反宣传;其大不可三也。所以我替启无再思再想,真真一无所取。然而我非启无,没法叫他不来找,做不做在我,找不找在他。再说他既经说到找到,反正推托不了的,不如老实说我不曾想到推托,干脆,而且做跋比做序还容易,据说如此。我谢谢启无给我这一个好机会。

序跋之类照例总直接或间接地解释那作品,我寻阅这书的目次却觉得无此必须。这都是直直落落,一无主张,二无理论,三不宣传的文字,只要喜欢看,一看至多两看总明白了。若不喜欢,看煞也不明白,解释也不会再明白,反而愈说愈糊涂哩。以下的话只为着和这书有缘法的人作一种印证而已,说

[①] 此书原题作《冰雪小品》,后改今名。

服谁，不曾想。

这些作家作品之间，似乎找不到什么公共之点，若说是趣味吧，阿猫阿狗也都有趣味的。一定要去找，那么他们都在老老实实地说自己的话，可算惟一的特色。所感不同，所说不同，说法亦不必尽同，可是就这一点看，他们都是"忠实同志"哩。

夫小品者旁行斜出文字之别名也，举世同病自古如此，别提此刻了。"你想旁行斜出的都说着自己的话，那么正道的再说点什么好呢？""不知道吗？笨啊，说人家的话哟！"这儿所谓人家事实上只是要人，人而不要，咱们的正统文豪决不屑于代他们立言的，或者是圣贤，或者是皇帝，或者是祖师，是这个，是那个，是X，是Y……什么都是，总不是自己。

就文体上举些例罢，最初的《楚辞》是屈宋说自己的话，汉以后的《楚辞》是打着屈宋的腔调来说话。魏晋以前的骈文，有时还说说自己的话的，以后的四六文呢，都是官样文章了。韩柳倡为古文，本来想打倒四六文的滥调的，结果造出"桐城谬种"来，和"选学妖孽"配对。最好的例是八股，专为圣贤立言，一点不许瞎说，其实《论语》多半记载孔子的私房话。可笑千年来的文章道统，不过博得几种窠臼而已。既要替人家立言，就不得不为人家设身处地的想一想。不幸所谓圣贤皇帝开山祖师之流，他们的意思并不容易猜，就算您是文豪也许不成；即使猜着了，有时也未便仔细揣摹。活灵活现自己做起圣人皇帝祖师来，总也不大好吧。那就自然而然的会落到一个圈套里，这叫做窠臼，或者叫滥调，恕我又有一比，真正的老头子，娘们，土豪劣绅总是各式各奇的，至于戏台上的胡子，衫子，大花脸，二花脸，颠来倒去只这几种版本而已。这是简化，——是否醇化粹化，却说不上来。

既如此，小品文倒霉，岂不是活该。在很古很古的年头早已触犯了天地君亲师这五位大人，现在更加多了，恐怕正有得来呢。正统的种子，那里会断呢。说得漂亮点，岂不可以说倒霉也是侥幸，可以少吃点冷猪肉；若说正经话，小品文的不幸，无异是中国文坛上的一种不幸，这似乎有点发夸大狂，且大有争夺正统的嫌疑，然而没有故意回避的必要。因为事实总是如此的：把表现自我的作家作物压下去，使它们成为旁岔伏流，同时却把谨遵功令的抬起来，有了它们，身前则身名俱泰，身后则垂范后人，天下才智之士何去何从，还有问题吗！中国文坛上的黯淡空气，多半是从这里来的。看到集部里头，差不多总是一堆垃圾，读之昏昏欲睡，便是一例。

不但命运欠亨而已，小品文的本身也受着这些不幸的支配。这些文家多半没什么自觉的。他们一方面做一种文章给自己玩，一方面做另一种文章去应世，已经是矛盾了。再说一句不大恭敬的话，他们恐仍不免有大小高下偏正之见，所谓大的高的正的，自然还是那些使人昏睡的家伙，这简直有点可笑了。

古人是否有些矛盾和可笑，暂且不问，我们一定受到相当的损失。没有确实自信的见解和定力的，也不容易有勇猛精进的气魄，即使无意中旁行斜出，走了不多远就此打住了。这果然一半为时代所限，不容易有比较观照的机会，然而自信不坚，壁垒不稳也是一个大毛病。他们自命为正道，以我们为旁斜是可以的，而我们自居于旁于斜则不可；即退了一步，我们自命为旁斜也未始不可，而因此就不敢勇猛精进地走，怕走得离正轨太远了，要摔跤，跌断脊梁骨，则断断乎不可。所以称呼这些短简为小品文虽不算错，如有人就此联想到偏正高下这些观念来却决不算不错。我们虽不断断于争那道统，可是当仁不让的决心，绝对不可没有的。——莫须有先生对我盖言之矣。

准此论之，启无选集明清诸家之作以便广布，至少是在那边开步走，所以即使赔钱贴工夫，以至于挨骂都是值得的。在初编此书时他来问我，我说可以一集二集三集的连续下去，现在也还是这个意思，就当作跋尾看罢！

1930年9月13日，北京。

《西还》书后

序视书之体裁而有，书必有序，似亦无取。作诗所以写吾怀，且必曾忠实地写，以求知于世。若犹不能，则彼我殆有性分之隔，非言语之事矣，今乃恃序以诠诗，不亦谬乎。是以斯集初刊，竟不作序。下列短言，作凡例读。

诗集编次之方，随好尚而殊，或编年，或分类，或以篇帙之巨细而分先后，三者皆未尽适于用。年时月日如此分明，以应世法之需耳，非谓今年今日之我尽然于去岁昨日之我也。剪断一江春水，岂可得耶？若以性质为纲，或以大小为序，则尤不可。何则？自然之广大，人事之蕃变，情思之多梦，尽能以类判乎？至于评衡之事，见智见仁，在乎读者。一脉之水，一树之花，自生分别，此亦不可。《冬夜》编年，冠以两序，如象之巨座，蛇之赘足，余滋悔焉。

编诗之道竟无适而可矣，是又不然。就一义言，编年自胜。月日栉比，便于寻阅，一也；读诗如读年谱，易了知作者之生平，二也；情思之渐变得逐次序而昭明，三也。故是书所录篇章，仍以时日为次。

至于断制，则不凭依年岁，以事为判。吾心靡定，逐物而迁，事变来乘，前尘遂远，如歧路分手之子后将异其栖宿焉。故是书终于西抵上海之日，而以"西还"名之。

【附记】《西还》是一部"数奇"之书，没有容它再版，已经绝版了。它不带一点披挂以求知遇，果然不为世所知，殊有求仁无怨之概，我倒特别的喜爱它呢。有一"书后"作于十一年太平洋舟中，是在说诗集不必有序的。后来一想，这不是一篇序吗？无乃滑稽。于是《西还》就变成"光杆儿"的了（这自然不是牡丹）。近来把它找着，首尾已各缺了一页，堕欢重拾，敝帚自珍之感兼而有之，遂将起首补了一小节，结尾便没有补，也就可以算完了罢。中间文字，只略删节，无多变动，以存其真。

1932年1月20日

为《中外文丛》拟创刊词

国运到了危险的边际,世界的文明亦彷徨于歧路。我们感于当前形势的重大,从现实的视察里提出问题来。这些问题不必都有答案,有答案不必都对,但它们的重要性却不容否认的。因此引起公众的注意和讨论而得到较正确的回答,那当然更有意思了。

再试从根本上想,治乱本诸善恶,善恶先于人心。人好,世界自然好。但人如何能自然会好呢,有时须得同伴们去提醒他,这是"淑世"方法之一。我们何敢以此自期,但懔于"匹夫有责"之义,又不忍缄默;故由衷之言,如实而语,更出之以叮咛,申之以强聒。事功不必为我所成,风气不妨由我而开。

这淑世的流风远溯先秦诸子,所谓"各思以其道易天下"者。以今昔情殊,他们的治术我们或无从沿袭;又才力不同,他们的造诣我们更望尘莫追;但他们的精神历久弥新,不仅今日我们应学,且我们应当继续的。

依他们的做法,原有两方面:其一得君,得君而行道,是间接的;其一化民,直接的行道;即宋钘尹文的上说下教也。

以孔子为喻，周游列国，干谒诸侯，那是"上说"；有三千大弟子七十二贤人，这是"下教"。后之儒者热中于事君得君，教民之泽微矣。百家之傅若墨翟宋尹者，尤微乎微。此盖环境使之然耳。

但我们的确无君，更无所谓事他与得他。若以民主共和国的领导者权宜地当作君看，那是顶严重的错误。说得诡辩些，民主共和国的"君"应该是"民"。于是，这上说下教原来分别的途径完全合一了。这事实虽很明白，我们却还要提出这"君"字来说，是很有苦心的。今日读书人若尚不能忘情于得君，则必陷于卑下而不自觉，又何行道之有！

我们何如"处士横议"。孔子说："天下有道，则庶人不议。"可见封建之时，无道，庶人也要议，何况处士，又何况共和国的基本法则，天下有道，庶人亦议。"处士横议"依孟子虽非美谈，但在这年头儿，做事说话不带点劲那儿成。这"横"字的确不坏哩。

横议者无所不谈，它的范围，包括那最传统的，最古老的，最流行的，最时髦的。那怕大家久认为毫无问题的，我们也许多问一声；大家公认为神圣不可侵的，我们也许碰它一下！若不如此，怎够这横劲儿。

有力才能有劲。力，指什么呢？若指常识，人人应当够的。若指良心，人人没有不够的，不够也没有办法。若指学问，我们怕不够。但学问本无止境，没有一人自己以为够了的。若自己以为够，即无学问之可言了。

所以这虽很重要，却无法衡量的。要干就干，不要干算了，不必踌躇。一边走着一边瞧，上一回当学一回乖，冒失或者无妨；等着，待着，过于把细，反而会误事的。等毫无错误方才说话，你必将无话可说，等毫无错误方才做事，你必将无事可做。季文子三思而后行，他在踌躇；子曰，再思可矣，说他不必踌躇。

若说人数怕不够，那是实情。但今天人少，不妨明天的多？我们欢迎有人来给我们写文章，只要他认识而同意于上述的心情和态度，写作有完全的自由是不用说的。书店方面把这些文字用活页印出来，使篇章得自为起讫而又可成组，以行于世，不失为很恰当的办法。

旧话重提，"各思以其道易天下"，不可轻读这"各"字，道易天下虽同，其所以易则不必尽同，且或甚不同。辩驳则察理愈明，参校则见事愈的，我们期待着。惟纯朴的意念与诚实而严肃的态度，在我们之间则将毫无二致。

凡著为言文的都是同道，听言说看文章的我们希望渐渐的皆为同道，在广大的民众里，无分作者与读者，同声相应，同气相求，有着工作的快乐来抵偿它的辛苦。我们不愁无路，走着，走着，自然成路。我们又不怕黑暗，光明在前，那是一定的。

1947年2月北平

五四忆往
——谈《诗》杂志

五四到现在,恰好40年。那时我才20岁,还是个小孩子,对于这伟大、具有深长意义的青年运动,虽然也碰着一点点边缘,当时的认识却非常幼稚,且几乎没有认识,不过模糊地憧憬着光明,向往着民主而已。在现今看来,反帝反封建原是十分明确的,在那时却有"身在此山中,云深不知处"的感觉。

伴着它兴起的有新文学运动,在五四稍前;主流的活动,应当说更在以后。我初次学做一些新诗和白话文。记得第一篇白话文,自己还不会标点,请了朋友来帮忙。第一首新诗,描写学校所在地的北河沿,现在小河已填平,改为马路了。仿佛有这样的句子:"双鹅拍拍水中游,众人缓缓桥上走,都道春来了,真是好气候。"以后更胡诌了许多,结成一集曰《冬夜》。这第一首诗当然不好,却也不是顶坏,不知怎的,被我删掉了。北大毕业后到南方,更认识了一些做诗的朋友,如朱佩弦、叶圣陶、郑振铎等,兴致也就高起来。曾出过八个人的诗选集,叫《雪朝》(1922年商务版),这里有振铎作品在内。日前我看到谈郑先生遗著的文章,似乎把它漏却,大约这诗集近来也很少见了。

在1921年（五四后二年）有《诗》杂志的编辑，中华书局出版。这杂志原定每半年一卷，每卷五期，却只出了一卷五期（1922年1月到5月）。前三期编辑者为"中国新诗社"，其实并没有真正组织起来，不过这么写着罢了。后面两期，改为文学研究会的定期刊物，还贴着会中的版权印花。实际上负编辑责任的是叶圣陶和刘延陵。这杂志办得很有生气，不知怎么，后来就停刊了。

在这杂志发表诗篇的朋友们，有些已下世了，如半农、漠华、佩弦、统照、振铎诸君；有些虽还健在，写诗也很少，我自己正是其中的一个。这里的诗篇，好的不少，自无须，也不能在本文一一引录。其时小诗很流行，我的《忆游杂诗》，全袭旧体诗的格调，不值得提起；佩弦的小诗，有如："风沙卷了，先驱者远了。"语简意长，以少许胜多许。

郑振铎在第二号上，有一首《赠圣陶》的诗："我们不过是穷乏的小孩子。偶然想假装富有，脸便先红了。"只短短的两句，就把他的天真的性格和神情都给活画出了。大约他的老朋友会有同感罢，他自然有激烈悲壮的另一面，如《死者》一诗，载第五号，末句道："多着呢，多着呢，我们的血——"这已经近似革命者的宣言了。

在第四号上登着叶圣陶《诗的泉源》一文。这短文的论点和风格，就圣陶来说，也可以说是有代表性的。例如：

> 充实的生活就是诗。……我常这么妄想：一个耕田的农妇或是一个悲苦的矿工的生活，比较一个绅士先生的或者充实得多，因而诗的泉也比较的丰盈；我又想，这或者不是妄想吧？

他积年的梦想，目前早已成为现实了。

说到我自己，当时很热心于诗，也发表了一堆乱七八糟的作品，现在却怕去翻检它。这刊物原意重在创作，论文比较少。第一期上却登载了我的一篇长文，叫做《诗底进化的还原论》。以现在看来，论点当然不妥当，但老实说，在我的关于诗歌的各种论文随笔里，它要算比较进步的。如在第一段里说："好的诗底效用是能深刻地感多数人向善的。"可惜这里所谓"善"，没有具体的、正确的含义，但文学面向着人民大众，总该说是对的。又如第二段主张"艺术本来是平民的"，而且应当回到平民。还有一段揣测未来的话：

> 在实际上虽不见得人人能做诗，但人人至少都有做诗人底可能性。故依我底揣测，将来专家的诗人必渐渐地少了，且渐渐不为社会所推崇；民间底非专业的诗人，必应着需要而兴起。……他们相信文艺始终应为一种专门的职业，是迷误于现在底特殊状况，却忘了将来底正当趋势。

现在劳动人民都在热烈地创作诗歌,我的梦想的实现,正和上引圣陶《诗的泉源》,差不多有类似的情形。当然这里也可能有不一定恰当的话。

在这篇下文我又说到怎样去破坏特殊阶级(当时指贵族阶级)的艺术,需要制度的改造和文学本身的改造:

> 制度底改造,使社会安稳建设在民众底基础上面。有了什么社会,才有什么文学。……到社会改造以后,一般人底生活可以改善,有暇去接近艺术了;教育充分普及了,扫去思想和文字底障碍;文学家自己也是个劳动者,当然能充分表现出平民的生活。……我们要做平民的诗,最要紧的是实现平民的生活。

这些话,以现在来看,大体上还好。但这篇文章,却被我丢开了,一直没有收到文集里面去,似乎曾被佩弦注意过,或者在《新文学大系》里面有罢。我一直不能够在行动中去实践,也没有在文学理论上去进修,反而有时钻到象牙塔里去,或者牛角尖里去。走错的路,在自己已无由挽回,这个教训,如能为今日的青年引作前车之鉴,也就是我的厚望了。

当全国热烈地纪念五四的时候,我提起这些往事,不由得感到十分的惭愧。在那文中,也未尝没有消极说错的话,例如：

> 古人说："俟河之清，人寿几何！"我们也正有这种感想。

却想不到"河清"真被咱们等着了。在当时自然万万想不到，也无怪我失言了。因之，我虽有很多的惭愧，却怀着多得多的兴奋。五四运动的发源地在北京，于今40年，我还住在这个城里，有如同昨日之感。想到这里，仿佛自己还是个青年。再说，能够参加在青年的队伍里，劳动人民的队伍里，那就更加觉得年青了。

1959年4月14日北京